Im Pankoland gelten strenge Regeln. Die Gesellschaft ist auf Selbstversorgung ausgerichtet, jeder Mensch, vom Baby bis zur alten Frau, muss Gemüse anpflanzen. Herr Panko und Frau Brenzi legen die Regeln für das Zusammenleben fest. Alles wird kontrolliert, auf den ersten Blick sinnvoll. Nachts tauchen »Unterirdische« auf. Sie plündern die Beete und entführen sogar Jugendliche. Hier lebt Clemens mit seinem älteren Bruder Fredo und seiner Tante. An seine Eltern kann sich Clemens fast nicht erinnern, sie sind verschwunden, als er noch sehr klein war, und wer nicht mehr da ist, wird im Pankoland schnell vergessen. Fredo scheint die »Regeln der Nacht« zu durchschauen. Aber ob jenseits der bewachten Grenzen alles besser ist? Als Clemens ein geheimes Paket hinüberschmuggeln soll, öffnet er es gegen alle Anweisungen von Fredo. Zudem nehmen ihn die Unterirdischen fest. In Gefangenschaft trifft er auf Helena, die länger schon aus Pankoland entführt worden war. Außerhalb der vertrauten Umgebung realisiert Clemens, dass bei den verfeindeten Nachbarn eine ähnlich enge Ordnung herrscht wie in Pankoland. Er beginnt seine Erfahrungen zu überdenken: Er muss sich wehren, er muss fliehen – wenn möglich mit Helena und den anderen Gefangenen.

EVA ROTH schreibt Prosa und Theaterstücke für Kinder und Erwachsene. Daneben ist sie freie Lektorin und Übersetzerin von Bilderbüchern. Sie lebt in Zürich. Für ihre Werke wurde sie mehrfach ausgezeichnet. www.evaroth.ch

Eva Roth
Pankoland

Roman

Atlantis

Copyright © 2024 by Atlantis Verlag
in der Kampa Verlag AG, Zürich
www.atlantisverlag.ch
Covergestaltung: Patrick Oberholzer
Covermotiv: Patrick Oberholzer © Atlantis Verlag
Satz: Herr K | Jan Kermes, Leipzig
Gesetzt aus der Stempel Garamond LT / 240125
Druck und Bindung: GGP Media GmbH, Pößneck
Auch als E-Book erhältlich
ISBN 978 3 7152 3017 7

I.

Durch die Gärten von Esperanza

Weit hinten hörte ich das schleifende Geräusch nackter Füße auf Asphalt. Wahrscheinlich waren es nur noch ein oder zwei Verfolger, aber auch einer allein konnte mir gefährlich werden. Fredo und ich machten es, wie wir besprochen hatten: Wir teilten uns auf, damit die anderen kurz verwirrt waren. Fredo nahm die Straße, weil er schneller rennen konnte, und überließ mir die Gärten. Ich war ein flinker Kletterer und außerdem kleiner als mein Bruder. Ich konnte mich in dunklen Winkeln fast unsichtbar machen. Wenn die Unterirdischen uns entdeckten, verfolgten sie zuerst Fredo, was mir etwas Zeit gab, zwischen den Pflanzkisten zu verschwinden. Wenn sie meine Verfolgung aufnahmen, war ich bereits im Labyrinth der Gärten und Innenhöfe verschwunden. Ich kannte es auswendig, ich wusste, wo die Wege zwischen den Kisten waren und wo die Kellerfenster nachts offen standen. Fredo und ich hatten alles tausendmal besprochen. Aber die Unterirdischen kannten die Wege auch.

Deshalb war es wichtig, dass ich meinen Vorsprung nutzte und sie nicht mitkriegten, welche Richtung ich als Erstes einschlug. Ich hatte Angst um Fredo. Wenn sie ihn erwischten, war er verloren. Einige Menschen waren nachts schon aus dem Pankoland verschwunden, zuletzt Helena. Das war im Spätwinter gewesen, als der Schnee von der Straße am Morgen so rasch weggeschmolzen war, dass nicht einmal Spuren zurückblieben.

Jetzt war bereits August, Erntezeit. Wir liefen alle barfuß, um die Schuhe zu schonen, aber auch, weil wir mit bloßen Füßen geschickter klettern konnten. Auch die Unterirdischen rannten barfuß. Ich kauerte mich hinter den Holunderbusch neben dem Schuppen von Frau Brenzis Hochhaus.

Bei uns in Esperanza waren alle Häuser Hochhäuser. Aber dazwischen gab es Platz, denn jedes von ihnen stand in einem großen Garten, der auf die Bewohnerinnen und Bewohner aufgeteilt war. Alle mussten Gemüse anpflanzen, obwohl wir hinter dem Dorf auch noch Äcker hatten. Jeder Mensch, vom kleinsten Baby bis zur alten Frau, besaß mindestens eine Kiste, die bepflanzt werden musste. Blumen waren verboten, es gab ja schon genug Wildblumen außerhalb der Gärten. Aber manche Pflanzen machten schöne Blüten, und man konnte ihre Früchte oder Wurzeln später essen. Ich hatte Kartoffeln und Bohnen gepflanzt, Bohnenstauden mit feinen weißen Blüten; Fredo Kartoffeln und Pfefferminze, Irene Lauch und Zucchini. Fredo steckte mir manchmal heimlich einen Kaugummi zu und sagte, ich solle dafür seine Kiste wässern. Die Kaugummis in der Hosentasche herumzutragen, war gefährlich. Am Tag sollte man sich damit nicht von Herrn Panko erwischen lassen. Und nachts konnten einem die Unterirdischen alles wegnehmen, was man bei sich trug. Doch wenn das passierte, konnte man noch von Glück reden. Wenn man Pech hatte, verschwand man selbst.

Ich spähte durch den Spalt zwischen dem Holunder und der Holzwand des Schuppens. Gleich vor mir war die Straße. Meine Verfolger hasteten vorbei. Sie keuchten. Zwei waren es, ein Junge und ein Mädchen, fast schon Erwachsene. Ich sah ihre schmutzigen Füße. Weiter vorne zog der Junge im Laufen einen Zucchino aus einer Pflanzkiste. Es war Ollis Kiste.

Lange durfte ich nicht warten in meinem Versteck, wahrscheinlich waren noch mehr Unterirdische unterwegs. Ich eilte zwischen den Pflanzkisten hindurch bis zum Brenzihaus, schlüpfte durchs Kellerfenster, schloss es von innen und öffnete jenes auf der anderen Seite für Fredo. So wusste er, dass ich schon im Haus war. Dann schlich ich nach oben in unsere Wohnung und flitzte dabei so schnell wie möglich an Frau Brenzis Tür vorbei.

In Frau Brenzis Haus waren wir alle sicher. Dafür sorgte sie selbst, indem sie die Regeln streng und auf ihre Art durchsetzte. Eines Morgens hatte sie zum Beispiel beobachtet, wie Katrina eine Pflanzkiste betrachtete, die in der Nacht geplündert worden war. Ausgerissene Kohlrabiblätter lagen zerrupft auf der aufgewühlten Erde. Katrina hatte sich kurz umgesehen, und als sie sicher war, dass niemand in der Nähe war, hatte sie zwei Karotten herausgezogen und schnell in ihrer Schultasche versteckt. In diesem Moment rief Frau Brenzi von ihrem Balkon herunter: »Rübenklau!« Kurz darauf humpelte sie um die Ecke. Katrina, die vor Schreck stehen geblieben war, wusste, was jetzt kam: Frau Brenzis Gesicht, dessen Ausdruck sonst meist hart und entschlossen war, wurde ganz weich. Gefährlich weich. Sie strich Katrina über das Haar, nahm ihr sanft die Karotten aus der Tasche, griff nach Katrinas Hand und erklärte: »Das ist doch die Pflanzkiste von

Herrn Wend. Wir müssen ihm helfen, wieder neue Kohlrabi und Karotten anzupflanzen.«

An diesem Tag ging Katrina nicht zur Schule. Sie besorgte neue Kohlrabisetzlinge und richtete zusammen mit Frau Brenzi die geplünderte Kiste wieder her. Noch eine ganze Woche lang half Frau Brenzi ihr beim Wässern. Alle hatten das gesehen, auch wenn niemand hinzugucken versuchte. Wenn Frau Brenzi jemandem half, wussten alle, dass man gegen die Regeln verstoßen hatte. Als ich später einmal allein mit Katrina auf dem Schulweg war, vertraute sie mir an, dass sie sich noch nie so geschämt habe wie damals.

Fredo und ich durften kein Licht anmachen, die Dunkelheit schützte uns auch im Haus. Als ich in unser Zimmer kam, pfiff ich leise, obwohl ich wusste, dass Fredo noch nicht da war. Ich legte mich aufs Bett und wartete. Wenig später öffnete er die Tür. Fredo und ich pfiffen den Pfiff von heute. Fast tonlos war er, nur ein wenig Luft mit der Melodie von *Sieben helle Osterglocken*. Fredo und ich sagten kein Wort und machten kein unnötiges Geräusch, damit Irene uns nicht hörte. Ich sah Fredo nicht, aber ich wusste, dass er zornig aussah auf seinem Bett. Er sah immer zornig aus, wenn er gerannt war. Nur sein schneller Atem war zu hören, dann wurde er ruhiger.

Fredo sah nicht, dass ich grinste. Ich konnte nicht anders. Ich lag auf meinem Bett und grinste im Dunkeln die Decke an. Fredo hatte es geschafft. Ich hatte es auch geschafft. Wir waren hier.

2.

Ein geheimnisvolles Paket

Fredo und ich sprachen nicht darüber, dass ich neuerdings auch hinausging in der Nacht. Was nicht ausgesprochen wurde, blieb länger unerkannt, auch von Irene. Als Erstes sollte ich lernen, mich vor den Unterirdischen in Sicherheit zu bringen, mich auf die anderen zu verlassen und für sie verlässlich zu sein. Danach würde ich Aufgaben bekommen, aber ich wusste noch nicht, welche das sein würden. Fredo sagte mir nichts darüber.

Irene brummte »Guten Morgen«, als wir die Küche betraten. Sie sah noch etwas zerzaust aus.

Am Tag waren die Unterirdischen nicht da. Sie bewegten sich nur im Dunkeln, diese Feiglinge. Aber das war besser für uns. Durch die Tage kamen wir gut, Fredo und Irene und ich. Manchmal waren die Tage zauberhaft.

Der Morgen begann immer damit, dass Fredo und ich ein neues Signal abmachten, das für den ganzen Tag galt. Eine kurze Melodie, die er oder ich vorpfiff und die der andere wiederholte. Dann einigten wir uns auf zwei Zahlen von eins bis zehn. Jedes Kellerfenster des Brenzihauses hatte eine Nummer. Die erste Zahl stand für das Fenster, das wir an diesem Tag angelehnt ließen. Die zweite stand für jenes, das wir öffneten, wenn der Erste von uns bereits im Haus war. Heute war die Melodie der Anfang von *Im Moor von Heulencamp*, und die Zahlen drei und zehn.

Als Fredo und ich unseren Haferbrei aßen, setzte Irene sich zu uns. Sie schaute uns so lange und unverwandt an, dass ich aufhörte zu essen.

»Ich habe gehört, dass ein Paket fehlt«, sagte sie und blies sich mit sehr langem Atem eine Franse aus der Stirn.

Jetzt hörte auch Fredo auf zu löffeln.

»Warum schaust du mich so an?«, fragte Fredo.

Ich wusste nicht, wovon die beiden sprachen. »Was für ein Paket?«, fragte ich.

Langsam löste Irene ihren Blick von Fredo, zuckte mit den Schultern und erklärte: »Ach, so ein Paket, das lange im Keller von Herrn Pankos Hochhaus lag.«

Ich wunderte mich, dass ein Paket aus Herrn Pankos Keller verschwinden konnte. Herr Panko erwischte jeden. Das war gut für das ganze Pankoland und besonders für die Leute, die in seinem Haus wohnten. Wer hatte es gewagt, in sein Haus einzudringen und etwas daraus zu entwenden?

Nach dem Frühstück machten wir uns auf den Weg zur Schule. Wir wohnten im fünften Stock, also war unser Schulweg erst mal ein Treppenlauf. Unten im Garten trafen wir auf Olli, Katrina, Lenz und Wesa. Sie wohnten auch alle im Brenzihaus.

Lenz fragte: »Habt ihr das auch gehört in der Nacht?«

Fredo runzelte die Stirn und schaute, ob sich niemand in der Nähe befand. Wir steckten unsere Köpfe zusammen, und Lenz fuhr fort: »Geräusche. Habt ihr die echt nicht gehört bei euch oben?«

»Wieder im ersten Stock? Ein Rumpeln?«, fragte Fredo.

Katrina nickte und sagte: »Ich habe etwas gehört bei uns im Zweiten, gerade, als ich einschlafen wollte. Kein Rumpeln, sondern wie wenn etwas über den Boden geschleift würde. Möbel vielleicht.«

Olli fragte ungläubig: »Mitten in der Nacht? Was, wenn Frau Brenzi das erfährt?«

Wesa flüsterte: »Vielleicht war es ja Frau Brenzi. Vielleicht hat sie die Geräusche gemacht.« Lenz nickte. »Ich bin sicher, dass die Geräusche aus ihrer Wohnung kamen.«

Katrina und ich lachten, denn wir konnten uns kaum vorstellen, dass Frau Brenzi gegen ihre eigenen Regeln verstieß. In der Nacht sollten alle ruhig sein im Brenzihaus. Olli zuckte mit den Schultern und sagte: »Los, gehen wir.«

Außer Fredo und mir waren alle schon fertig mit Wässern. Fredo schaute sich um, ob Frau Brenzi nirgends zu sehen war, dann flüsterte er mir zu: »Zwei Kaugummis, wenn du meine Kiste auch gießt.«

Ich wollte die Kaugummis unbedingt. Sie waren süß und verboten, und wer Kaugummis besaß, konnte damit handeln. Fredo verriet mir nicht, woher er sie hatte. Lebensmittel wurden für die Ernährung gebraucht. Und mit Kaugummis Geschäfte zu machen, verstieß gegen alle Grundsätze des Pankolandes. Geschäfte schadeten der Gerechtigkeit, sagten Herr Panko und Frau Brenzi und auch Herr Franz, unser Lehrer. Sie wollten verhindern, dass wir uns vor Arbeiten drückten, die wir auch selbst erledigen konnten. Es war riskant, den ganzen Tag mit Fredos Kaugummis herumzulaufen. Trotzdem willigte ich ein. Fredo steckte mir zwei eingewickelte Kaugummis zu und zog mit den anderen davon.

Als ich endlich fertig war mit Pflanzengießen, rannte ich direkt in Herrn Panko hinein. Er war nicht viel größer als Fredo, aber er hatte einen so harten Körper, dass ich beinahe an ihm abprallte.

Was hatte er hier zu tun? Er hielt mich fest mit seinem Schraubstockgriff.

»Clemens aus dem Brenzihaus, richtig?« fragte er, und seine Augen funkelten aufmerksam hinter den Brillengläsern. Ich nickte und wollte mich losmachen. »Ich muss zur Schule«, stammelte ich.

»So eilig?«, fragte er. »Hast du was zu verstecken?« Ich schüttelte den Kopf.

»Zeig mal deine Hosentaschen«, verlangte er. Ich erschrak.

Zum Glück kam in diesem Moment Irene um die Ecke. Sie grüßte Herrn Panko freundlich. Er ließ mich los. Irene drückte mir, als ob nichts wäre, einen Kuss auf die Stirn und sagte: »Los jetzt.«

Irene war schon immer da, seit Fredo und ich klein waren. Sie war eigentlich unsere Tante, die jüngere Schwester unserer Mutter. Unsere Eltern waren aufgebrochen und wollten uns alle drei nachholen, aber das war nie geschehen. Ich vermisste meine Eltern nicht, und ich erinnerte mich auch nicht an sie. Ich war erst zwei Jahre alt gewesen, als sie weggingen, und Fredo fünf. Aber auch er sprach kaum über sie. Wir hatten ja Irene, und sie war für mich wie eine große Schwester und eine Mutter zugleich.

Am Nachmittag hatten wir Freilandunterricht und rösteten gegen Abend mit der ganzen Klasse Kartoffeln am Feuer. Danach rannte ich wieder durch die Straßen, aber nicht lange, denn es dämmerte bereits. Herr Franz hatte uns eingeschärft, direkt nach Hause zu laufen. Fredo war draußen nirgends anzutreffen, und bald wäre es so dunkel, dass ich ihn nicht mehr finden würde. Das Klügste war, meine Kaugummis in Sicherheit zu bringen. Als ich das Kellerfenster Nummer 3 aufdrücken wollte, war es geschlossen. Ich stutzte. Noch nie war es vorgekommen, dass das erste Fenster nicht offen stand. Rasch bog ich um die Ecke und fand tatsächlich das Fenster Nummer 10 einen Spaltbreit offen. Warum war Fredo schon da?

Als ich vor Frau Brenzis Wohnung vorbeischlich, hielt ich kurz inne und lauschte. Ich hörte ein leises, unregelmäßiges Tappen und das Schleifen eines Gegenstandes über dem Boden. Waren das die Geräusche, von denen Lenz gesprochen hatte? Hinter Frau Brenzis Tür wurde es so plötzlich wieder still, wie die Geräusche eingesetzt hatten, und ich machte, dass ich weiterkam.

Oben in unserem Zimmer fand ich Fredo auf seinem Bett liegen. Vor Aufregung vergaß ich, *Im Moor von Heulencamp* zu pfeifen. Fredo starrte einfach vor sich hin.

»Was ist los?«, fragte ich.

Keine Antwort.

Als ich näher trat, begann er leise die vereinbarte Melodie zu pfeifen. Ich wiederholte sie, und endlich schaute er mich an. Wir mussten verlässlich sein mit unseren Abmachungen, ohne Ausnahmen.

»Warum bist du schon hier?«

»Ich zeig dir was«, flüsterte er.

Unter seinem Bett holte er ein kleines Paket hervor. Es war in grünes Packpapier eingeschlagen und mit einer Schnur umwickelt.

»Bring das zur Grenze«, sagte er. Seine Stimme zitterte ein wenig.

»Was ist das?«, fragte ich.

»Egal«, sagte er. »Bring es einfach. Zur Grenze am Auenbach.«

Das war also meine erste Aufgabe.

Der Auenbach bildete die Ostgrenze. Drüben lebten die Unterirdischen. Die anderen Seiten von Pankoland waren von einer langen überwachsenen Mauer begrenzt. Im Süden traf die Mauer auf den Auenbach, und im Norden wohl auch. Dort gab es keine Übergänge. Die einzigen beiden lagen beim Staudamm und beim Mauertor. Sie wurden nachts vom Grenzdienst bewacht. Etwas zur Grenze zu bringen, war gefährlich. Ich durfte mich nicht von unserem Grenzdienst erwischen lassen. Noch schlimmer wäre es, wenn die Unterirdischen mich dort entdeckten und mich über den Staudamm auf die andere Seite schleppten. Auch der Grenzübergang am Mauertor war unheimlich. Was hinter der Mauer lag, kannten wir nicht, und nur Frau Brenzi kontrollierte, wer oder was von draußen nach Pankoland hereinkam. Von ihr oder unseren Wachleuten nachts an der Mauer gesehen zu werden, wollte ich mir gar nicht ausmalen. Die Mauer war da, um uns zu schützen, und nicht, um sich dort mit einem geheimnisvollen Paket herumzutreiben.

»Und wenn sie mich kriegen?«, warf ich ein.

»Du lässt dich nicht erwischen«, sagte Fredo.

»Nicht wie Helena«, sagte ich unnötigerweise. Wir erinnerten uns alle an sie.

Helena war gleich alt wie Fredo. Nachdem sie verschwunden war, schienen die Plünderungen zuzunehmen, und das im Frühjahr, wo die Vorräte zur Neige gingen. Die Unterirdischen hatten Helena wohl gezwungen, die Gemüselager zu verraten.

»Wenn ich es mache, will ich wissen, was da drin ist«, sagte ich mit Blick auf das Paket.

Fredo schwieg, er schüttelte nur den Kopf.

»Und wem soll ich es übergeben?«, fragte ich.

»Wirst schon sehen«, murmelte Fredo.

Ich hatte einen Verdacht. »Ist das Paket aus Herrn Pankos Keller?«

Fredo sah mich eindringlich an. Statt zu antworten, sagte er: »Zwanzig Kaugummis.«

3.
Das Verräterrezept

Am nächsten Tag kam ich direkt nach der Schule nach Hause, um einen Moment für mich allein zu sein. Irene war draußen bei den Schafen, sie musste beim Klauenschneiden helfen. Sie mochte das nicht, und nachdem ich einmal dabei zugeschaut hatte, verstand ich auch, warum: Die Schafe hielten den Menschen ihre Füße nicht freiwillig hin, sie wichen aus und schienen nicht zu verstehen, dass das Klauenschneiden gut für sie war. Und wenn jemand ungeschickt oder grob war, zuckte das Schaf zusammen. Irene machte diese Arbeit jedoch schon seit Jahren. Alle drei Monate meldete sie sich freiwillig, weil die Schafe ihre Klauen ja nicht selbst schneiden konnten.

Kein Geräusch war zu hören, nicht aus unserer Wohnung und auch nicht von den Nachbarn. Ich horchte kurz im Treppenhaus und schaute die fünf Stockwerke hinunter und die vier nach oben. Überall war es still. Vorsichtig schloss ich zuerst die

Wohnungstür hinter mir, danach unsere Zimmertür. Das Paket lag in meiner Kommode hinter den alten Schulbüchern von Fredo, verdeckt von meinen Socken und Unterhosen. Ich nahm es in die Hand. Es hatte Platz auf meiner Handfläche und war weder schwer noch leicht. Vielleicht so wie eine mittelgroße Tomate? Mittlerweile war ich fast sicher, dass es sich um das Paket handelte, das aus Herrn Pankos Keller verschwunden war. Was mochte daran so wertvoll sein?

Irene hatte mal erzählt, dass es Länder gegeben habe, in denen alles in Gold gemessen wurde. Aber das sei schon lange vorbei. Sie beschrieb Gold als etwas überirdisch Schönes, das ein eigenes Licht ausstrahlte und viel schwerer war, als es aussah. So schwer kam mir das Paket nicht vor. Und was sollte Herr Panko mit Gold anfangen? Wenn es in diesem Paket eingeschlossen war, konnte er es ja nicht einmal anschauen und sich daran erfreuen. War im Paket vielleicht etwas Persönliches von ihm? Wir wussten nicht so viel über seine Vergangenheit, aber Irene hatte einmal angedeutet, dass er und Frau Brenzi vor langer Zeit ein Liebespaar gewesen waren. Fredo und ich fanden diese Vorstellung sehr lustig und kicherten beim Gedanken, dass Frau Brenzi Herrn Panko küssen und ihm zuseufzen würde:

»Ach, William«. Aber Irene ermahnte uns, darüber nur in unserer Küche zu lachen, wenn niemand zuhörte. Sie meinte, Herr Panko sei möglicherweise immer noch verletzt, dass Frau Brenzi ihn wegen eines Wanderarbeiters verlassen habe. Und Frau Brenzi habe sich bei der Geschichte mit dem Wanderarbeiter ebenfalls verletzt, sie habe sich nämlich auf einem Ausflug mit ihm in die zerklüfteten Gebiete im Süden den Fuß gebrochen, und der sei schlecht verheilt. Seither hinke sie. Und der Wanderarbeiter sei wenig später weitergezogen.

Diese Geschichten gingen mir durch den Kopf, während ich das Paket drehte und schüttelte. Ich hörte nichts. Das Paket war mehrfach mit einer Hanfschnur umwickelt, die schon etwas speckig glänzte. Ich vermutete, dass das Paket noch nie geöffnet, aber oft angefasst worden war.

Noch nie geöffnet ... konnte man eine Schnur öffnen und wieder verknoten, ohne eine Spur zu hinterlassen?

Ich erschrak über meinen eigenen Gedanken. Hatte ich mir gerade vorgestellt, das Paket zu öffnen? Obwohl Fredo mir eingeschärft hatte, ich sollte es einfach nur zur Grenze bringen? Wahrscheinlich hatte er recht, und es konnte mir gefährlich werden, zu viel zu wissen.

Ich legte es zurück in meine Kommode, diesmal eine Schublade tiefer, zwischen meine Winterjacke und zwei Paar lange Hosen. Dass ich für etwas Geheimes jedes Mal ein neues Versteck wählte, war klar: So verwischte ich die Wege hinter mir, auch wenn mir noch niemand auf der Spur war. Und ich tat es auch, um Fredo zu schützen. Falls ihn jemand verdächtigte, konnte er ohne zu lügen behaupten, er wisse nicht, wo das Paket sei.

Ich legte mich aufs Bett und versuchte, meine Hausaufgaben zu machen. Meine Gedanken schweiften jedoch immer wieder ab, und noch bevor ich mich dafür entschieden hatte, fand ich mich wieder vor der Kommode mit dem Paket in der Hand. Mein Herz klopfte. Ich wusste, dass ich das, was ich jetzt tun würde, mit niemandem teilen konnte. Nicht einmal mit Fredo, der mir das Paket anvertraut hatte und sich darauf verließ, dass ich es so, wie er es mir übergeben hatte, zur Grenze am Auenbach brachte.

Vorsichtig löste ich den Knoten. Ich ließ die Schnur genau so liegen, wie sie vom Paket abgefallen war. Nur dort, wo ich sie mit meinen Fingernägeln aufgeklaubt hatte, strich ich sie vorsichtig wieder glatt.

Das Packpapier war zum Glück nur gefaltet und nicht geklebt. Ich versuchte, mit möglichst leichter

Hand ganz langsam das Papier zu lösen. Zum Vorschein kam eine kleine Schachtel aus dickem Graukarton. Ich hob den Deckel ab und sah zuerst nur Wollvlies. Unter dieser Schicht fand ich ein gefaltetes Stück Papier, das von Hand beschrieben war.

Ich griff mir an den Kopf: ein Liebesbrief? Sollte ich ihn wirklich lesen, oder würde ich Frau Brenzi und Herrn Panko danach nie mehr begegnen können, ohne zu erröten? Ich nahm das Blatt zwischen Daumen und Zeigefinger und schüttelte es leicht. Es öffnete sich ein wenig, und ich konnte die Anrede des Briefes erkennen:

Lieber William,

Darüber in der Ecke sah ich ein Datum, das fast dreißig Jahre zurücklag. Meine Finger zitterten vor Aufregung, als ich das Blatt auseinanderfaltete.

Lieber William,
 ich bin immer noch verwirrt nach unserem Gespräch gestern am Feuer. Ich hätte mir gewünscht, mit dir weiterreden zu können und dabei deine vertraute Stimme durch deinen Brustkasten vibrieren und deinen Herzschlag wummern zu hören.

Was? Ich musste den Satz zweimal lesen. Wer hätte gedacht, dass Frau Brenzi und Herr Panko eine so romantische Vergangenheit hatten, dass sie mit einem Ohr auf seiner Brust seiner Stimme gelauscht hatte?!

Aber du bist gegangen, William. Warum? Weil wir diese kleine Meinungsverschiedenheit hatten? Oder gibt es noch einen anderen Grund? Ich vermisse dich! Und ich bin so wütend, dass ich dich schütteln könnte, doch dafür liebe ich dich zu sehr. Mir ist wichtig, dass du auch meine Sicht verstehst: Wenn wir eine Gemeinschaft mit den Menschen aufbauen, die wir lieben und die gleich denken wie wir, braucht es Regeln. Du meintest, es genügt, wenn alle in der gemeinschaftlichen Landwirtschaft mithelfen. Dann könnten alle daneben das tun, was sie sonst noch interessiert. Mehr Einschränkung brauche es nicht, sagtest du.

Ich liebe dich dafür, dass du so gut über die Menschen denkst, William. Aber das genügt nicht. Es gibt etwas, was unsere Idee von der selbstversorgenden Gemeinschaft bedrohen könnte: Geschäfte. Wenn die Menschen die Arbeit, die sie auch selbst leisten könnten, zu verkaufen und daraus sogar einen Vorteil zu ziehen versuchen, wird es in kur-

zer Zeit Reiche und Arme geben, Mächtige und Schwache. Das wollen wir doch hinter uns lassen! Wir haben gesehen, wohin das führt. Und jetzt haben wir mit diesem riesigen Gebiet am Auenbach die Möglichkeit, ein Land zu schaffen, in dem man sich hilft, weil es sinnvoll ist, und nicht, weil man einen persönlichen Vorteil gegenüber den anderen hat. Wir machen eine bessere Welt, William!

Also keine Geschäfte. Geschäfte sind schlecht für die Gesellschaft.

Aha, dachte ich, Frau Brenzi ist sich und ihren Grundsätzen treu geblieben. Ich las weiter:

Die Menschen sollen sich holen, was sie brauchen, als Gegenleistung für ihren Einsatz in der Landwirtschaft. Aber sie sollen sich wirklich nur holen, was sie brauchen!

Wiederhole ich mich? Vielleicht verstehst du meine Gedanken besser, wenn du sie hier auf Papier lesen kannst. Ich will, dass du sie verstehst! Wir müssen zusammenhalten!

William. Ich habe eine böse Ahnung. Verrate nicht unsere Idee. Und verrate nicht mich, William, das würde ich dir nie verzeihen. Liebst du mich noch?

Wenn du mich liebst, kommst du zurück zu mir. Komm heute wieder ans Feuer. Ich verstehe nicht, warum du gestern nicht geblieben bist. Komm zu mir ans Feuer und verbrenne vor meinen Augen diesen Brief, damit wir ein Land in Frieden und Einheit erschaffen können.

Jetzt kam ein neuer Absatz, der in Spiegelschrift geschrieben war:

Und wenn du mich nicht liebst, rate ich dir, das folgende Rezept anzuwenden. Bring es unter die Leute, und wenn du dich nicht getraust, verteile ich es, wenn die Zeit reif ist. Wenn du dich abkehrst, William, bist du ein Verräter, und für diesen Fall verrate ich dir das Verräterrezept:
½ Tasse Bienenwachs schmelzen
1 Tasse Puderzucker und 3 Esslöffel Honig und 1 Tasse Pfefferminzblättchen unterrühren
Die Masse in große Tropfen gießen und auskühlen lassen
Du wirst schon sehen, William, du wirst schon sehen.

Jetzt stand wieder in normaler Schrift:

*Ich hoffe immer noch, dich heute wiederzusehen.
Deine Brenda*

Brenda? Aber Frau Brenzi hieß doch Esperanza, wie unser Dorf? Ich war verwirrt. Ich kannte keine Brenda. Und offenbar war Herr Panko nicht zu dieser geheimnisvollen Person zurückgekehrt, denn der Brief war ja nicht verbrannt worden. Herr Panko hatte ihn aufbewahrt. Warum? Weil er ihn an eine Liebesgeschichte noch vor jener mit Frau Brenzi erinnerte? Oder weil das Verräterrezept eine große Macht hatte? Hatte er Angst vor dieser Brenda und wagte deshalb nicht, den Brief zu verbrennen? Ich überlegte fieberhaft. Das Geschäftemachen war bei uns verboten, also war Herr Panko Brendas Idee doch gefolgt. War dieser Brief für ihn der Grundstein für Pankoland, ohne dass er zu Brenda zurückgekehrt war? Hatte er ihn aufbewahrt, damit er sich immer wieder an die Anfänge von Pankoland erinnern konnte?

Ich überflog noch einmal das Rezept. Kompliziert war es nicht, ich musste es mir nicht einmal merken, ich konnte es ganz einfach nicht mehr vergessen. Doch wozu sollte es gut sein? Und was bedeutete es, dass ich jetzt Mitwisser des Verräterrezeptes war? Brendas Ton war wirklich bedrohlich. Eins wusste ich sicher: Solange nicht klar war, was dieses Rezept bedeutete, durfte niemand davon erfahren, auch wenn es die Zutaten dafür bei uns im Lebensmitteldepot nicht alle gab. Ich schloss das Rezept in der hintersten Ecke meines Gehirns ein und verschnürte das Paket mit dem Brief wieder. Diesmal hängte ich es an die Vorhangstange, wo es vom Stoff verdeckt wurde.

Meine Hausaufgaben brachte ich so schnell wie möglich hinter mich. Danach ging ich in die Küche und begann Zwiebeln, Kartoffeln und Zucchini klein zu schneiden. Das beruhigte mich ein wenig. Ich erhitzte alles zusammen in unserem schweren Topf, und der Geruch des Abendessens breitete sich in der Wohnung aus.

Irene kam nach Hause. Sie schnupperte anerkennend, setzte sich an den Tisch und sagte: »Das riecht nach Clemens-Eintopf! Richtig, richtig gut.«

Ich fragte: »Und die Schafe?«

»Die Schafe«, seufzte sie. »Manchmal stelle ich mir vor, ein Schaf zu sein. Dann muss ich jeden Morgen und jeden Abend zum Melken und alle drei Monate zum Klauenschneiden. Und einmal im Jahr zum Scheren. Und irgendwann zum Schlachten. Ist das nicht schrecklich?«

»Warum schrecklich?«, fragte ich. »Ist doch gut, dass die Schafe Klauenpflege bekommen, sonst könnten sie nicht mehr gut laufen. Und dass sie uns Milch und Wolle geben, ist auch gut. Und Fleisch.«

»Schrecklich, wenn alles so vorgegeben ist«, sagte Irene. »Die Schafe können ja nicht mal entscheiden, ob sie so leben wollen oder nicht.«

Ich lächelte. Wenn ich ein Schaf wäre, würde ich mich auf jeden Fall am liebsten von Irene scheren lassen, so nett, wie sie ihnen dabei zuredete. Das war nicht selbstverständlich in einem Schafleben.

»Na ja«, sagte sie jetzt mit festerer Stimme. »So ist das eben. Hast du etwas von Fredo gehört?«

»Er ist noch nicht hier.«

»Weiß er etwas Neues vom verschwundenen Paket?«

Ich zuckte zusammen, kontrollierte mich aber gleich wieder und verneinte.

»Bei den Schafen sprachen alle davon«, fuhr Irene fort. »Niemand weiß, was im Paket ist, aber Panko ist außer sich. Anfangs wollte er geheim halten, dass etwas fehlt, aber dann fing er an herumzufragen. Nach einem wertvollen Paket. Grün soll es sein, grün wie junger Sauerklee. Und gar nicht so groß, wie man sich ein Paket vorstellt, eher ein Päckchen. Na ja, umso schwieriger, es zu finden.«

»Hat jemand eine Idee, wo es sein könnte?«, fragte ich so beiläufig wie möglich und verkniff es mir, zu erwähnen, dass das Paket etwas dunkler war als junger Sauerklee.

»Nein«, sagte Irene und bröselte sich etwas Schafskäse über ihr Essen. Sie hatte dunkle Ränder unter den Nägeln. Die musste sie sauberkriegen, bevor sie morgen wieder Leute behandelte in ihrer Zahnarztpraxis.

Es war schlimm, Irene nicht alles erzählen zu können. Aber ich war vermutlich neben Herrn Panko der Einzige, der wusste, was im Paket war. Das konnte ich mit niemandem teilen, ohne Fredo und womöglich das ganze Pankoland in Gefahr zu bringen.

4.
Geburtstagspläne

Fredo bewegte sich leise wie ein Marder. Er stand plötzlich hinter Irene in der Küche, wir hatten ihn nicht kommen gehört.

Er hob nur die Hand zum Gruß und setzte sich zu uns. Dann holte er sich einen Teller und begann zu essen. In seinem Oberlippenflaum hingen kleine Schweißtropfen. Ich schob ihm einen Wasserbecher über den Tisch.

Ich hoffte, dass Irene nicht wieder vom Paket anfing, und aß deshalb hastig meinen Teller leer. Schon wollte ich verschwinden, da sagte sie: »Bleib noch, Clemens.« Sie schaute mich feierlich an. »Übernächsten Sonntag ist ja dein Geburtstag. Du bekommst von mir ein besonderes Geschenk, aber du musst früh aufstehen.«

Ich war dankbar für diese Ablenkung, und ich wurde auch neugierig auf Irenes Geschenk. Letztes Jahr hatte sie mir elf bemalte Blumentöpfe geschenkt mit blühenden Kräutern: Schnittlauch, Portulak, Lavendel, Kapuzinerkresse, Zitronenmelisse, Goldmelisse, Ingwer, Topinambur, Rosmarin, Borretsch und Minze. Unsere Küche sah bunt und üppig aus am Morgen meines Geburtstags, und ich wunderte mich, wie sie es geschafft hatte, dass alle Kräuter gleichzeitig blühten. Die Töpfe hingen jetzt noch in unserem Balkongarten.

»Ich hole das Fleisch«, sagte Fredo. Darauf freute ich mich auch. Wir aßen nur an unseren Geburtstagen Fleisch, und Fredo konnte einen köstlichen Eintopf kochen, dessen Rezept er laufend weiterentwickelte und niemandem verriet. Jedes Mal machte er ein noch größeres Geheimnis daraus. Mich stimmte schon die Erinnerung an den Geruch daran feierlich.

Als ich an Fredos Geheimrezept dachte, fiel mir wieder das Verräterrezept aus dem Paket ein. Das trübte meine Stimmung ein wenig.

Irene beugte sich über den Tisch, nahm meine Hände in ihre und sagte: »Und dann, mein kleiner Clemens« – ich mochte es nicht, wenn sie mich kleiner Clemens nannte, schon gar nicht vor Fredo, aber wenn es um Geburtstage ging, wurde sie immer so dramatisch –, »mein kleiner Clemens, dann bist du schon fast ein erwachsenes Mitglied unserer Gesellschaft. Weißt du noch, Fredo, wie es war, als du zwölf wurdest?« Sie legte den Kopf auf ihre ausgestreckten Arme und blinzelte Fredo an.

Fredo zuckte mit den Schultern, aber ich erinnerte mich genau. Wir waren dem Auenbach und dem Stausee entlang der Grenze des Pankolandes gewandert, bis zum Grenzübergang am Damm. Wir spähten hinüber zu den Unterirdischen, aber weil sie ja unterirdisch hausten, sahen wir nur ein paar bepflanzte Hügel in der Ferne. Fredo hatte Schimpfwörter über die Grenze gerufen, aber Irene hatte ihn ermahnt, am Geburtstag nur nette Dinge zu sagen, das bringe Glück. Als es dunkel wurde, rannten wir übermütig lachend nach Hause. Zu jener Zeit begann Fredo, sich manchmal nachts für ein paar Stunden hinauszuschleichen. Doch Irene schien davon nichts zu ahnen, und ich verriet ihn auch nicht. Mit zwölf wurde man offiziell ein erwachsenes Mitglied der Gesellschaft. Doch das bedeutete einfach, dass man berechtigt war, im Depot Lebensmittel zu holen, und dass man sich zu landwirtschaftlichen Arbeiten melden musste.

Irene fragte mich: »Und wo willst du dich einteilen lassen?«

»Beim Holzschlag«, antwortete ich sofort, denn das hatte ich mir natürlich schon lange überlegt. Ich liebte es, im Winter den Großen beim Baumfällen zuzusehen, und mein Traum war es, selbst einmal eine Motorsäge zu bedienen.

Fredo lachte überheblich, aber Irene schaute ihn strafend an und sagte: »Clemens wird in den nächsten Jahren groß und kräftig, das kann plötzlich sehr schnell gehen.«

Und dann in meine Richtung: »Keine Sorge, die werden froh sein um dich beim Holzschlag.«

Fredo nickte übertrieben und spöttisch. Das war gemein. Er brauchte sich nichts darauf einzubilden, dass ich schmächtiger war als er. Es war ja klar, dass er mit fünfzehn schon viel erwachsener aussah.

»Lass dich lieber beim Lebensmitteldepot einteilen, das ist einfacher«, riet mir Fredo.

»Das sagst du nur, weil du dort seit drei Jahren herumsitzt«, erwiderte ich. Irene merkte, dass ein Streit in der Luft lag, und seufzte: »Schade, dass eure Eltern nicht da sind, wenn Clemens zwölf wird.«

Das sagte sie jedes Jahr, wenn wir Geburtstag hatten. Ich mochte das nicht, weil Fredo jedes Mal wütend wurde. Und auch jetzt wiederholte sich das Gespräch, das wir so ähnlich zweimal im Jahr führten.

»Zehn Jahre«, zischte Fredo. »Und haben sie uns nachgeholt? Nicht mal ein Lebenszeichen!«

Irene nickte verständnisvoll und beschwichtigte: »Wer einmal draußen ist, kommt nicht wieder herein. Und vielleicht ist es schwierig, Briefe von draußen zu schicken.«

Ich wusste, dass das eine Ausrede war. Fredo hatte, seit ich mich erinnern konnte, immer am Dienstagnachmittag die Grenze am Mauertor beobachtet, wenn die Waren von draußen kamen. Auf dem Wagen, der dort an Frau Brenzi übergeben wurde, lag auch eine Postkiste. Vielleicht war sie oft leer, aber immerhin hätten unsere Eltern die Möglichkeit gehabt, uns Briefe zu schreiben. Als ich jünger war, hatte ich Fredo dienstags manchmal ans Mauertor begleitet. Er machte mich jedes Mal aufgeregt auf die Postkiste aufmerksam. Seine Hoffnung vom Mittwoch kippte jeweils an den Donnerstagen in Niedergeschlagenheit. Donnerstagnacht ging er dann hinaus und lieferte sich Verfolgungsjagden mit den Unterirdischen.

Fredo hatte aufgehört zu essen.

Ich fragte in die Stille unserer Küche hinein: »Warum gehen wir nicht einfach? Wir könnten auch losziehen wie Papa und Mama. Und dann suchen wir sie.«

Fredo zog wütend die Augenbrauen zusammen, und Irene sagte: »Die Welt ist groß. Wir wissen nicht, wo sie sind. Und wenn wir nicht mehr hier sind, wissen sie nicht, wo sie uns suchen sollen.«

»Verdammt«, murmelte Fredo.

»Ja, verdammt«, sagte Irene. »So ein verdammter Mist.«

Wieder blieb es still. Dann schlug ich vor, einen Pfefferminztee zu kochen. Fredo und Irene antworteten nicht, aber als die Tassen vor ihnen standen, stellte Irene die unangenehme Frage: »Hat im Depot jemand das verschwundene Paket erwähnt, Fredo?«

Ich wagte nicht, Fredo anzuschauen, und blies den Dampf über meinem Tee weg. Fredo antwortete ruhig, als hätte er sich wieder völlig entspannt: »Die spinnen alle deswegen. Scheint ja ein wertvolles Paket zu sein, wenn Panko so einen Aufruhr macht deswegen.«

Ich spürte, wie ich errötete, aber das konnte auch von der Hitze des Tees kommen. Ich versuchte, vom Thema abzulenken, und leider fiel mir auf die Schnelle nichts anderes ein als die Frage: »Warum sind Papa und Mama überhaupt gegangen, wenn sie doch uns hier hatten?«

Irene wurde betont munter und sagte: »Ach! Sie waren schon immer neugierig. Deine Mutter wollte schon als Kind immer die Nase in alle Angelegenheiten stecken. Und sie hatte noch die Zeit vor Pankoland erlebt, da gingen sie immer reisen mit der Familie.« Fredo und ich wussten, dass die Familie unserer Mutter hierhergezogen war, als Irene ein Baby war. »Eure Mutter erzählte mir manchmal vom Meer. Ich weiß nicht, ob alles stimmte, was sie erzählte, aber ich glaubte es ihr sowieso. Großen Schwestern glaubt man alles.« Ich schielte zu Fredo. Er schien das Ende von Irenes Redeschwall abzuwarten.

»… Ich denke, eure Eltern sind einfach so klug und wissensdurstig und leichtsinnig, dass sie mit den besten Absichten losgezogen sind. Sie dachten bestimmt, es sei nur für eine kurze Reise zu zweit. Und wenn sie länger weg wären, sei es ganz einfach, uns nachzuholen. Und später hätten wir wieder hier leben können.«

Fredo unterbrach sie: »Sie haben uns vergessen. Wahrscheinlich haben sie schon zwei neue Kinder, einen Ersatz-Fredo und einen Ersatz-Clemens. Und eine Babysitterin, die sie Irene nennen.«

Ich war fassungslos. Wie konnte Fredo so etwas Schreckliches sagen?

Irene schüttelte den Kopf. »Nein«, sagte sie leise. »Nein, nein, bestimmt nicht.«

»Und wir haben es ja gut hier«, sagte ich, um ihr zu helfen, aber das war wohl unpassend, denn niemand sagte mehr ein Wort. Ich schlich ins Zimmer, und bald darauf kam Fredo nach. Er gab mir zwei

Kaugummis und sagte: »Anzahlung. Die nächsten bekommst du, wenn du losziehst.«

»Wann denn?«, fragte ich.

»Du wirst schon sehen«, sagte er, und dann las er in seinem Buch. Ich versuchte, mich auf meinen Geburtstag zu freuen und nicht an das Verräterrezept und den Streit wegen unserer Eltern zu denken. An diesem Abend gingen Fredo und ich nicht mehr hinaus.

5.

Für einen Arm
die Familie verlassen?

Ich liebte die Augustluft am Morgen. In der Nacht hatte es gewittert, und jetzt schien die Sonne und trocknete die letzten glitzernden Tropfen auf den Blättern. Die Erde in meiner Pflanzkiste war gut durchfeuchtet, ich brauchte nicht zu wässern. Alles sah ordentlich aus. Auch bei den anderen fehlte nichts. Ich ertappte mich beim Gedanken, dass ich nicht traurig wäre, wenn bei Olli, dessen Pflanzkiste am nächsten bei der Straße stand, einige Zucchini geklaut worden wären. Im Spätsommer aßen wir so oft Zucchini, dass ich den Unterirdischen freiwillig ein paar abgegeben hätte. In meinem Kopf klang das Lied nach, das Fredo und ich für heute vereinbart hatten, *Fenster auf und Luftibus*. Ich musste aufpassen, dass ich es nicht aus Versehen laut pfiff.

Katrina kam aus dem Haus und lächelte. Ihr Haar schimmerte in der Sonne. Wir grüßten uns, und sie erzählte mir von ihrem Vater, der ihr aus Holz einen wunderschönen Stuhl gebaut hatte. Er hatte ihren

Namen und einen großen Stern in die Lehne eingeschnitzt, und seitlich von der Sitzfläche die Planeten unseres Sonnensystems.

»Er sagte, er habe sich selbst so über diesen Stuhl gefreut, dass er nicht warten könne bis zu meinem Geburtstag«, sagte sie. »Und dann haben wir eine Stuhlfeier gemacht, als ob es mein Geburtstag wäre, sogar mit Fleisch.«

»Und an deinem richtigen Geburtstag holt ihr dann auch wieder Fleisch?«, fragte ich. Sie schaute mich komisch an und sagte kühl: »Wenn du den Stuhl sehen willst, kannst du mir Bescheid sagen.«

Erst jetzt merkte ich, dass ich sie verletzt hatte.

»Entschuldige«, sagte ich. »Ich meinte damit nicht, dass ihr gierig seid.«

Sie zuckte mit den Schultern, und wir schlossen uns Olli und Wesa an, die auch auf dem Weg zur Schule waren. Fredo und Lenz folgten uns mit etwas Abstand.

Wesa fragte, ob irgendwer wieder Geräusche aus Frau Brenzis Wohnung gehört habe, aber alle verneinten. Ich fand plötzlich, dass die Aufregung um diese Geräusche Kinderkram waren im Vergleich zu dem, was ich wusste und bei mir versteckte.

Beim Depot kam uns Helenas Mutter entgegen. Sie grüßte uns nur leise, ohne uns anzuschauen.

Wahrscheinlich war sie verzweifelt, weil sie so lange nichts von Helena gehört hatte. Ob sie sich insgeheim wünschte, jemand von uns wäre anstelle ihrer Tochter verschwunden? Das gab mir einen unangenehmen Stich: Meine Mutter würde es nicht einmal mitbekommen, wenn ich verschwinden würde. Nur Irene und Fredo. Als ich mich nach Helenas Mutter umdrehte, sah ich, dass Fredo kurz mit ihr sprach. Sie nickte ernst und legte ihm die Hand auf den Arm.

Meine Stimmung war nicht mehr so gut wie am Morgen. Etwas Bedrückendes lag in der Luft. Katrina war beleidigt und ignorierte mich, und Helenas Mutter war traurig. Und ich dachte immerzu an das Paket.

Normalerweise mochte ich die Schule und auch Herrn Franz, unseren Lehrer. Er war ein guter Freund von Herrn Panko, aber viel lustiger. Wenn wir mal laut waren, hielt er sich die Ohren zu und sagte: »Ja ja, schreit nur, das ist Zukunftsmusik.« Heute fand ich aber alles anstrengend. Den ganzen Tag kämpfte ich damit, mich auf den Schulstoff zu konzentrieren.

Das Schulhaus war auch ein Hochhaus mit hängenden Gärten. Auf der Südseite wuchsen auf allen Balkonen Tomatenpflanzen und auf der Westseite

Karotten und Radieschen in langen Kisten. Die Beeren waren in Büschen und Pflanzregalen auf den Ostbalkonen angelegt, und nach Norden wuchsen Kräuter und Pilze.

In diesem Hochhaus waren sechs Schulklassen und in den oberen Etagen einige Wohnungen untergebracht. Im Erdgeschoss befand sich die riesige Suppenküche, die uns alle mit Mittagessen versorgte. Die heutige Suppe schmeckte gleich wie die Suppe von gestern und von letzter Woche: klein geschnittenes Gemüse, Kartoffeln und Linsen.

Nach der Schule ging ich schließlich doch zu Katrina. Ich hatte sie gefragt, ob ich den Stuhl sehen könne. Sie war zum Glück nicht nachtragend und lud mich ein. Der Stuhl war tatsächlich wunderschön. »Und nur für mich allein«, betonte Katrina unnötigerweise, aber ich durfte trotzdem einmal probesitzen. Dann setzte sie sich wieder darauf, verschränkte die Arme, reckte das Kinn in die Höhe und lächelte. Als ob sie geübt hätte, wie sie am besten aussah auf dem Stuhl. Lustig sah sie aus mit ihren steckengeraden Haaren und dem entschlossenen Grinsen im Gesicht. Und sie sah aus, als ob sie die neue Chefin von Pankoland wäre.

Janis kam herein, Katrinas Vater. Er bot mir Zitronenmelissentee und Brot mit kaltem Lammfleisch an. »Wir haben noch was übrig von gestern«, sagte er. Ich nickte und schämte mich nochmals für meine Bemerkung von heute Morgen, als ich es ungerecht fand, dass er an einem normalen Tag Fleisch holte. Das belegte Brot war köstlich. Janis schmunzelte zufrieden und meinte: »Man muss die Feste feiern, wie sie fallen. Ist nicht demnächst dein Geburtstag?«

Katrina schaute mich mit großen Augen an. »Ich habe das ganz vergessen! Was machst du an deinem Geburtstag?«

»Irene hat irgendetwas vor, aber ich weiß noch nicht, was. Wir müssen früh aufstehen dafür.«

»Am frühen Morgen macht ihr etwas? Am Sonntag? Und du hast keine Ahnung, was? Kann ich dabei sein?«, fragte Katrina. Ich nickte und freute mich. Das hätte sie nicht gefragt, wenn sie mir meine Bemerkung nicht verziehen hätte.

Janis zwinkerte mir zu und fragte: »Wirst du dich bei mir zum Holzschlag einteilen lassen?«

»Ja, gerne!«

Er hatte meinen größten Wunsch ausgesprochen. Und er traute mir offenbar die Arbeit beim Holzschlag zu. Natürlich würde ich zuerst vor allem Äste und Rinde zusammentragen und Werkzeug bereitlegen. Aber später würde ich wie Janis mit großen Händen über die Baumstämme streichen und dann die Motorsäge ansetzen.

»Im November geht's los«, sagte Janis, und ich antwortete: »Nach dem ersten Frost.« Janis klopfte mir anerkennend auf die Schulter und ging wieder in seine Werkstatt. Ich verabschiedete mich von Katrina, und während ich die Treppen hoch zu uns lief, fühlte ich ein seltsames Durcheinander: Ich freute mich auf meinen Geburtstag und dass Katrina dabei sein würde. Und ich war stolz, dass ich bei Janis im Holzschlag arbeiten würde. Aber etwas nagte auch in mir. Ich wollte auch so einen Stuhl wie Katrina. Und ich wollte auch so einen Vater. Ich wünschte mir einen Vater, der etwas so Schönes für mich herstellte und dafür eine Feier veranstaltete, auch wenn er dafür die Regeln zurechtbiegen musste. War das Neid?

Fredo war bereits zu Hause. Heute war er an der Reihe mit Kochen. Er bereitete mit Schafskäse überbackene Zucchini und Fladenbrot zu. Auf dem Tisch stand eine Schale mit frischen Mirabellen. Nach dem Fleischbrot bei Katrina und Janis war ich jedoch nicht mehr so hungrig.

»Hat eigentlich unser Vater nur Rinde zusammengetragen oder auch Bäume gefällt?«, fragte ich.

Fredo drehte sich um. »Ja – er war ja beim Holzschlag. Bäume fällen mit allem Drum und Dran«, sagte er. »Aber dann ... Wusstest du das nicht?«

»Was denn?«

»Das war ja auch ein Grund, weshalb ... Das war nicht nur eine kleine Vergnügungsreise zu zweit, die unsere Eltern machen wollten. Ach, vergiss es.«

»Jetzt hast du davon angefangen«, sagte ich.

Fredo drückte den Brotteig zornig auf den Tisch. »Was weiß ich, so ein Baumstamm knallte ihm halt mal auf den Arm oder so was. Und dann konnte er nicht mehr im Wald arbeiten.« Fredo schnaubte. »Als sie gingen, sagte er, dass er seinen Arm wieder ganz gesund machen lasse.«

Das hatte ich nicht gewusst. Und Irene hatte es auch nie erzählt. Ich versuchte mich an den Abschied meiner Eltern zu erinnern, aber es waren nur verschwommene Bilder und das Gefühl einer Umarmung und von Tränen, die ich nicht verstand. Aber vielleicht waren das gar keine Erinnerungen, sondern nur meine Fantasie. Ich stellte mir vor, wie unsere Eltern aufbrachen und Irene mich auf den Arm hob. Und Fredo? In meiner Vorstellung nahm Irene ihn an der Hand, und er versuchte zu winken, hielt aber mitten in der Bewegung inne. Meine Vorstellung wurde zu einem Bild, auf dem wir drei bewegungslos dastanden. Meine Eltern kamen darauf nicht vor.

Würde Janis auch wegen eines Arms Katrina verlassen? Das konnte ich mir nicht vorstellen. Und falls doch, hätte Katrina immerhin noch ihre Mutter, die mittlerweile in einer Wohnung im Schulhaus lebte.

»Und warum ist unsere Mutter mitgegangen?«, fragte ich Fredo. »Er hätte sich ja den Arm allein versorgen lassen können.«

»Hast ja Irene gestern gehört«, sagte Fredo und äffte ihre Stimme nach. »Weil sie klug und wissensdurstig war. Und weil es bequem war, uns bei ihrer kleinen Schwester zurückzulassen. Irene war ja im besten Babysitteralter.«

Neunzehn war Irene damals gewesen. Sie war bereits drei Jahre davor nach dem Tod unserer Großeltern bei uns eingezogen.

Es roch verbrannt.

»Mist!«, schimpfte Fredo. »Wegen deiner Fragerei ist mir das Brot verkohlt.«

»Ich helfe dir«, sagte ich schnell und begann, runde Teigfladen zu formen. Eine Weile sprachen wir nicht, und das geröstete Brot verströmte seinen Duft in der Küche. Dann flüsterte ich: »Das Paket …«

»Psst!«, machte Fredo sofort.

»Aber – ist das nur ein Test? Um zu sehen, ob ich einen Auftrag erfüllen kann?«, fragte ich.

Fredo schaute mich ungläubig an. Dann zog er mich an den Tisch, drückte mich auf einen Stuhl und sagte: »Wir machen hier keine Tests. Alles ist ernst. Du wirst schon sehen.«

»Aber … Wann denn?«

»Vertrau mir. Du musst mir vertrauen. Vertraust du mir?«

Ich nickte.

»Ich vertraue dir auch«, sagte er, und er war so nahe, dass ich in seinen grünen Augen hellblaue Sprenkel sah. In diesem Moment liebte ich Fredo, und ich hätte ihm alles Mögliche versprochen. Ich war stolz, einen Bruder zu haben, der mir in einer so geheimen Angelegenheit vertraute. Nur etwas wollte ich noch wissen: »Was hast du heute mit Helenas Mutter besprochen?«

Er wandte sich wieder den Fladenbroten zu und sagte: »Ach, nichts Besonderes. Ob sie von Helena gehört habe. Hat sie leider nicht.«

»Schade«, sagte ich, denn ich wusste, wie sehr Fredo Helena mochte. Vielleicht war er sogar in sie verliebt, aber das hatte er nie zugegeben.

Dann fiel mir noch eine Frage ein: »Gehen wir

heute raus, wenn Irene bei Sascha ist?« Irene schlich sich abends oft aus dem Haus und traf sich mit ihren Freundinnen und Freunden. Wir waren ja alt genug, um allein zu Hause zu bleiben.

»Nein, du bleibst hier«, bestimmte Fredo, und dann fügte er leise hinzu: »Bevor das mit dem Paket durch ist, solltest du nicht mehr raus in der Nacht.«

Mein Gefühlsdurcheinander wurde nicht besser. Als ich später allein in der Wohnung auf meinem Bett lag, hoffte ich, dass der nächste Tag ruhiger würde. Ich steckte mir einen Kaugummi in den Mund. Er schmeckte gut und verboten und nach Fredos Vertrauen und unserem Abenteuer, das todernst war. Und er erinnerte mich an das Verräterrezept, von dem nur ich wusste. Das hätte ich lieber gleich wieder vergessen. Ich dachte auch daran, dass vor ein paar Wochen alles noch viel langweiliger gewesen war, aber auch weniger aufwühlend. Konnte man nicht eine Pause einlegen beim Erwachsenwerden? Und wann kamen Irene und Fredo endlich nach Hause?

6.

Die Schafe sind los

Etwas stimmte nicht. Ich drehte mich zu Fredo um. Er lag tief in seinem Kissen und atmete ruhig. Ich sah nur seinen Hinterkopf mit dem rötlichbraunen Haar und wie sich seine Schulter hob und senkte.

»Fredo«, flüsterte ich. »Bist du wach?«

Fredo grunzte.

»Fredo«, wiederholte ich etwas lauter. Er machte eine verärgerte Handbewegung, als ob er mich wegwischen wollte.

Ich pfiff *Fenster auf und Luftibus*, aber die Melodie kam mir plötzlich kindisch vor. Fredo drehte sich um und schaute mich fragend an.

»Wo warst du die ganze Nacht?«, fragte ich. »Ich habe schon die Vögel gehört, als du nach Hause gekommen bist.«

Er setzte sich auf und zuckte mit den Schultern. Dann ließ er sich wieder zurück ins Bett fallen. Ich dachte schon, er sei wieder eingeschlafen, aber da murmelte er: »Alle spinnen. Heute musst du vorsichtig sein. Lass dich auf keinen Fall in ein Gespräch über das Paket verwickeln.«

»Wie spinnen sie?«, fragte ich, aber er gab mir keine Antwort. Auf einen Schlag wurde mir klar, was nicht stimmte. Es war still in unserer Wohnung. Und es roch nicht nach Haferbrei. Schlief Irene noch? Dabei war doch Donnerstag, und donnerstags war sie schon am frühen Morgen bei den Schafen eingeteilt. Sie musste auf der Weide sein und die Zäune kontrollieren, bevor die Schafe erwachten und sich überall verteilten, und danach war sie am Melkstand für zwei Stunden. Und dann ging sie direkt in die Praxis.

Die Küche war leer. Keine Spur von Irene, kein zurückgebliebener Geruch. Ich bekam Panik. Klopfte an ihre Tür und öffnete sie, ohne eine Antwort abzuwarten. Ihr Bett lag unberührt da, die Decke war eingedrückt, und auf dem Kissen lag ein aufgeschlagenes Buch. Sie schien nicht hier geschlafen zu haben. Mein Hals wurde trocken.

»Fredo«, krächzte ich. Ich ging hinüber in unser Zimmer und schüttelte ihn.

»Fredo, Irene ist weg.«

Sofort sprang er auf und stürzte in Irenes Zimmer. Fassungslos drehte er sich um und sagte: »Sie ist … gegangen.«

»Ohne uns?«, fragte ich verzweifelt. »Das würde Irene nie tun!«

Fredo starrte mich an. Er zog seine Augenbrauen zusammen und trat gegen die Wand. Ich sah, dass er gegen die Tränen kämpfte.

Dann taten wir hastig, was wir jeden Morgen taten, nur war es heute todernst. Er pfiff leise die Melodie von *Hau ab, Johnny*, und ich wiederholte sie. Er sagte: »Zwei, acht«, und ich wiederholte die Fensterzahlen. Dann bestimmte er: »Du nimmst die Gärten und die Weide. Ich nehme die Straße und das Milchdepot. Und sprich mit niemandem über du weißt schon. Wir suchen nur Irene.«

Ich war froh, dass wir etwas tun konnten. Hierzubleiben hätte mich verrückt gemacht. Wir rannten los und trennten uns vor der Haustür. Als ich an unseren Pflanzkisten vorbeilief, rief mich Frau Brenzi von ihrem Balkon. »Na, Clemens, bist du so früh unterwegs?« Sie musterte mich eingehend.

»Ja«, sagte ich so vergnügt wie möglich. »Guten Morgen Frau Brenzi!«

»Und willst du nicht nachschauen, ob es deiner Pflanzkiste gut geht?«

»Das wollte ich gerade tun«, log ich, aber ich merkte im selben Moment, dass sie mich durchschaut hatte. Sie rief: »Warte, ich helfe dir. Dann können wir gleich die anderen Kisten auch noch wässern.«

Ich hätte heulen können. Irene war womöglich in Gefahr, aber ich spürte, dass ich Frau Brenzi nicht von ihrem Verschwinden erzählen sollte. Frau Brenzi humpelte auf mich zu und drückte mir zwei Gießkannen in die Hand. Dann holte sie zwei weitere für sich selbst. Sie wich nicht von meiner Seite. Ich staunte, wie stark sie war. Scheinbar mühelos trug sie zwei gefüllte Kannen über den Gartenweg, trotz ihres kaputten Fußes. Ich dachte an den Wanderarbeiter und hätte sie gern gefragt, was genau passiert war damals, aber ich wollte möglichst wenig mit ihr sprechen. Außerdem hätte sie wohl kaum Auskunft gegeben über einen Menschen, der nicht mehr hier im Pankoland war.

Ich schaute die Fassade unseres Hauses an und bemerkte, dass Katrina mich von ihrem Balkon aus beobachtete. Sie hob kurz die Hand, als sich unsere Blicke trafen. Ich schämte mich so sehr, dass mein Gesicht ganz heiß wurde. Es war mir nicht möglich, Katrina zu erklären, warum ich an diesem Morgen mit Frau Brenzi arbeitete. Niemandem konnte ich es erklären. Aber alle Leute des Brenzihauses konnten mich sehen und sich ihren Teil dazu denken.

»Hast du gut geschlafen?«, fragte Frau Brenzi

freundlich und hob die Blätter einer Kürbispflanze an, damit ich die Erde darunter besser wässern konnte.

»Ja, sehr gut«, antwortete ich und hoffte, dass sie damit zufrieden war.

»Du hast es gut«, sagte sie. »Ich erwache immer beim kleinsten Geräusch.«

Meinte sie die seltsamen Geräusche, von denen Katrina und Lenz gesprochen hatten? Aber womöglich verursachte sie diese ja selbst.

»Ich habe nichts gehört«, sagte ich.

»Gar nichts?«

»Nein.«

»Und hast du heute Morgen schon mit jemandem gesprochen?«

Ich fühlte mich in die Enge getrieben.

»Ja, Fredo, er muss ja auch zur Schule.«

»So früh?«

Ich nickte eifrig. »Fredo und ich stehen im Sommer gern früh auf.«

»Ach, das wusste ich gar nicht. Dann müsst ihr auch früh schlafen gehen. Und Irene?«

»Irene melkt am Donnerstag«, erklärte ich und ging zum Brunnen, um die Kannen aufzufüllen. Als ich wiederkam, ließ sie mich immer noch nicht in Ruhe.

»Und wie geht es Irene?«

»Gut, danke«, antwortete ich, aber mein Herz klopfte so fest, dass ich fürchtete, sie könne es hören. Wenn ich nur sicher sein könnte, dass es Irene gut ging!

»Irene ist so eine freundliche Person«, sagte Frau Brenzi. »Sie kümmert sich gut um euch, nicht wahr?«

Ich nickte und versuchte zu lächeln. Was, wenn Irene verschwunden war und Frau Brenzi herausbekam, dass ich an diesem Morgen nicht die Wahrheit sagte?

»Irene ist ja ... Neunundzwanzig? Oder jetzt schon dreißig? Ist sie noch mit Henno vom Weberhaus zusammen? Oder mit Sascha?«

»Mit Sascha, glaube ich.«

»Bist du dir nicht sicher?«

Ich zuckte mit den Schultern. Ich wusste es tatsächlich nicht so genau. Ich hatte das Gefühl, dass es besser war, die Dinge nicht genau zu wissen, wenn Frau Brenzi mich ausfragte.

»Du hast also nichts gehört letzte Nacht?«

»Nein«, sagte ich, »alles war ruhig.«

»Wenn du geschlafen hast, kannst du ja gar nicht wissen, ob es ruhig war«, bemerkte sie augenzwinkernd. Aber es war kein freundliches Augenzwinkern. Es galt wohl eher ihr selbst als mir, weil sie so schlau war und mich durchschaute.

»Ich habe geschlafen und nichts gehört.« Das war die Wahrheit. Ich hatte zwar lange wach gelegen, aber irgendwann musste ich doch eingeschlafen sein. Leider, denn etwas schien in der Nacht geschehen zu sein, von dem ich nichts wusste. Ob Irene etwas damit zu tun hatte?

Endlich waren wir bei der letzten Pflanzkiste angekommen. Frau Brenzi stellte die Gießkannen ab und sagte: »Das haben wir gut gemacht. Die anderen werden sich freuen. Einen schönen Tag wünsche ich dir!« Bevor ich weglaufen konnte, hielt sie mich am Arm fest und sagte: »Nimm dich in Acht vor dem, was die Leute sagen. Anscheinend ist etwas verschwunden aus Herrn Pankos Keller. Etwas Kleines nur, nicht der Aufregung wert. Lass dich nur nicht anstecken davon. Wir wollen es ruhig und friedlich haben hier im Pankoland.«

Ich tat, als ob ich keine Ahnung hätte, wovon sie sprach, und verabschiedete mich rasch. Als ich schon fast bei der Hausecke war, rief sie mir nach: »Hast du nicht deine Schulsachen vergessen?«

Wie konnte ich so dumm sein!

»Ups«, sagte ich unschuldig und zwang mich zu lachen. So viel Zeit hatte ich verschwendet! Ich rannte hoch, griff meine Schultasche und stürzte wieder aus dem Haus und aus dem Garten. Ich überhörte, dass Katrina mir nachrief. Ich lief quer durch die Gärten des Kensingtonhauses, des Weberhauses und des Vogelsanghauses. Das war der kürzeste Weg zur Weide. Doch als ich die Straße in Richtung Pankohaus und Schafweide überqueren wollte, wurde ich gebremst. Ich hörte Getrappel. Ganz Esperanza schien plötzlich in Unruhe zu sein. Zuerst sah ich nur ein Schaf, das um die Ecke bog. Dann trabten zwei, drei weitere hinterher, und plötzlich waren es so viele, dass ich sie nicht mehr zählen konnte. Mir wurde eiskalt. Warum blieben die Schafe nicht auf der Weide? Ich sah ihre prallen Euter. Sie waren noch nicht gemolken worden. War Irene nicht bei ihnen? War sie von den Unterirdischen entführt worden? Oder ... hatte sie uns verlassen? Das Blöken der Schafe erinnerte mich an lang gezogenes Weinen. »Seid still!«, wollte ich ihnen zuschreien. »Hört endlich auf zu blöken!«

Hinter den Schafen kamen Menschen. Waren etwa alle dreihundert Leute aus Esperanza unterwegs? Irene vielleicht auch? Ich sah Wesa und Olli, die aufgeregt vorbeihasteten. Sie versuchten wie alle anderen, die Schafherde zu überholen. Einem Mann aus dem Vogelsanghaus gelang es, und er stellte sich mit ausgebreiteten Armen mitten auf die Straße. »Ho hoooo!«, rief er beruhigend, aber die Schafe rannten einfach um ihn herum. Die ganze Herde lief in Richtung Staumauer. Diese Erkenntnis breitete sich wie eine Welle aus: Wenn die Herde den Auenbach überquerte, war sie verloren. Die Unterirdischen warteten vermutlich nur darauf, dass ihnen unsere Milchschafe in die Arme liefen, sie hatten ja selbst keine. Ich rannte los. Auch alle anderen Menschen wurden schneller, sie liefen seitlich durch die Gärten und in einem Bogen um die Hochhäuser herum, denn auf der Straße war kein Durchkommen mehr. Einige sprangen sogar über Pflanzkisten, um vor den Schafen den Auenbach zu erreichen. Wir versuchten, jedes Schaf, das wir überholten, am Halsband zu fassen und etwas abzubremsen. Plötzlich lief Fredo neben mir. Wir tauschten einen Blick, und ich wusste, dass er Irene auch nicht gefunden hatte.

Die ersten Tiere waren bereits beim Auenbach. Sie liefen noch etwas unschlüssig am Ufer hin und her, aber es war nur eine Frage der Zeit, bis das erste Schaf einen seichten Übergang fand. Und dann würden alle anderen hinterherlaufen. Vorne am Damm sah ich mitten in der unruhigen Herde eine Person, die sich gezielt zu einem bestimmten Schaf durchkämpfte. Es war Frau Brenzi. Sie packte das Tier am

Halsband und zerrte es zurück, in unsere Richtung. Es musste das Leitschaf sein. »Ho hoooo!«, rief sie, und wir alle riefen es auch. Eine Frau neben Fredo und mir schüttelte ein Becken mit ein paar Brocken Lecksalz. Die Schafe schienen unschlüssig zu sein, aber dann drehten sich immer mehr von ihnen um und folgten dem Salzbecken und ihrem Leitschaf, und wir Menschen des Pankolandes folgten ihnen und begleiteten sie zurück auf ihre Weide.

Mir war schlecht. Fredo war nicht von meiner Seite gewichen, und ohne uns abzusprechen, liefen wir zusammen weiter, an den anderen Leuten vorbei, der Straße entlang durch Esperanza hindurch, dann durch das Maisfeld und den Rübenacker bis zur Grenze an der Mauer auf der anderen Seite des Pankolandes. So unterschiedlich die beiden Grenzübergänge und das, was dahinterlag, sein mochte, so nahe lagen sie beisammen.

Esperanza lag im Nordosten des Pankolandes zwischen beiden Grenzen, und nach Süden breiteten sich Felder, Weiden und Wälder aus. Die einzige Straße führte vom Mauertor durch Esperanza hindurch bis zur Staumauer an der Grenze zu den Unterirdischen.

Das Mauertor war verriegelt und mit einer Kette verschlossen, wie immer. Dahinter lag die Welt, in die unsere Eltern und vielleicht auch Irene verschwunden waren. Ich schaute, ob die Mauer Spuren von Irene zeigte, abgerissene Zweige vielleicht, aber da war nichts Ungewöhnliches. In ihrem Innern bestand die Mauer aus geflochtenen Weiden, die im Boden Wurzeln geschlagen hatten und oben austrieben. Entlang der Mauer hatten unsere Mauerleute noch mehr Büsche und Bäume gepflanzt. Die Brombeerstauden trugen Blüten und Beeren, und auch am Schlehdorn reiften bereits die kleinen Früchte. Bienen summten, und weit oben zwischen den von der Sonne beschienenen Blättern zwitscherten die Vögel.

Ich weiß nicht, was wir erwartet hatten. Dass Irene vor dem Mauertor stehen blieb, damit sie uns zum Abschied noch kurz zuwinken konnte? Falls sie uns verlassen hatte, war sie längst weiter.

Fredo und ich sahen uns an. Wir hätten zur Schule gehen müssen, aber wir trotteten nach Hause. Waren wir jetzt allein, Fredo und ich? Ich war nicht imstande, ihn nach den Ereignissen der Nacht zu fragen. Er sah müde aus, und auch ich hätte mich auf der Stelle hinlegen und schlafen können, tief schlafen und hoffen, dass Irene beim Aufwachen wieder da war.

Vor unserem Haus entdeckten wir von Weitem zwei Personen. Fredo packte mich am Ärmel, aber ich hatte sie auch gesehen und war gleich wieder hellwach: Frau Brenzi schon wieder. Und neben ihr ging Irene! Mir wurde fast schwindlig vor Schreck und Freude.

»Bleib ruhig«, flüsterte Fredo. Irene sah aus wie immer, nur etwas knittrig im Gesicht, wie ich beim Näherkommen feststellte. Ihre dunklen, kurzen Haare standen oben ab wie die Blätter einer Pflanze. Das ärgerte sie normalerweise, sie ging nie ungekämmt aus dem Haus. Sie trug denselben blaugrünen Pullover wie gestern. Ich starrte Irene nur an und versuchte ihren Blick zu deuten. Ich war sicher, dass sie uns etwas erklären wollte, aber das ging nicht, solange Frau Brenzi neben ihr stand. Ich war erleichtert, weil zwei schlimme Dinge nicht passiert waren: Irene hatte uns nicht verlassen, und sie war nicht gefangen genommen worden. Frau Brenzi erklärte überfreundlich: »Ich helfe Irene heute beim Melken. Offenbar ist sie nicht so früh aufgestanden wie ihr zwei.«

Irene lachte gequält und sagte: »Zum Glück hat mich Frau Brenzi geweckt. Ich habe so tief geschlafen, dass ich den Wecker nicht gehört hatte. Und zum Glück sind die Schafe nicht über den Bach abgehauen.«

Ich verstand nur, dass Frau Brenzi nicht erfahren sollte, wo Irene die Nacht verbracht hatte. Ich hielt es kaum aus, nicht zu wissen, was geschehen war und ob mit Irene wirklich alles in Ordnung war. Irene umarmte Fredo kurz und gab mir einen flüchtigen Kuss auf die Stirn, als ob es ein ganz normaler Abschied am Morgen wäre. »Ihr seid spät dran«, sagte sie. »Los, zur Schule mit euch!«

Frau Brenzi musterte uns nachdenklich. »Ich habe euch bei den Schafen gesehen. Warum kommt ihr nochmals hierher, wenn doch die Schule schon begonnen hat?«

Fredo antwortete schneller als ich: »Wir haben auch gemerkt, dass Irene verschlafen hat, als wir die Schafe gesehen haben. Jetzt sind wir gekommen, um sie zu wecken. Aber Sie waren schneller.«

Ich staunte, wie ruhig Fredo lügen konnte. Frau Brenzi murmelte: »Das hätte auch nur einer von euch machen können«, doch sie gab sich zufrieden und machte sich mit Irene auf den Weg. Irene drehte sich nochmals kurz um und winkte uns. Dabei hob sie den Daumen hoch, um uns zu zeigen, dass wir uns um sie keine Sorgen zu machen brauchten.

Unbemerkt war Janis zu uns getreten. »Was ist denn heute bei euch los?«, fragte er.

Fredo sagte nur: »Alles in Ordnung, ich muss los.«
Er drückte kurz meinen Arm und lief in Richtung Schule. Janis drehte sich zu mir: »Wirklich alles in Ordnung?«

Ich konnte nicht antworten, sonst hätte ich gleich losgeheult. Ich nickte nur, während mein Kopf immer heißer wurde und der Kloß im Hals immer dicker. Janis legte mir den Arm um die Schulter, führte mich in seine Werkstatt und brachte mir ein Käsebrot und kalten Tee. Bevor ich vom Brot abbiss, trank ich ein paar Schlucke, damit sich der Kloß löste. Janis ließ mich in Ruhe essen, und als ich fertig war, fragte er: »Hast du vom Paket gehört? Das Paket, das aus Herrn Pankos Haus verschwunden ist?«

»Ja, Fredo hat etwas erwähnt«, sagte ich.

Janis nickte. »Es scheint etwas Wichtiges drin zu sein, aber niemand weiß etwas. Na ja. Jetzt ab in die Schule mit dir. Katrina hat Herrn Franz ausgerichtet, dass du heute etwas später kommst, weil du geholfen hast, die Schafe zurückzutreiben.«

7.

Der Pfirsich der Zwietracht

Ich habe euch etwas mitgebracht«, sagte Herr Franz feierlich. Langsam hob er einen Pfirsich aus seiner Tasche und setzte ihn auf ein weißes Tuch auf seinem Pult. Alle staunten. Pfirsiche wuchsen nur an einem Ort: An der Südseite von Herrn Pankos Geräteschuppen. Dort war der Pfirsichbaum vor kaltem Luftzug geschützt. Er wurde von Herrn Panko gehätschelt und gepflegt. Trotzdem trug er im Jahr nicht mehr als zwanzig Früchte, und die wurden von Herrn Panko höchstpersönlich ins Depot gebracht. Dort saß er dann und beobachtete, wer sich traute, einen Pfirsich mitzunehmen. Meistens tat das niemand, nicht einmal Fredo, und bevor die süßen Früchte verfaulten, schnitt Herr Panko sie in Schnitze und verteilte sie an die Leute, die im Depot gewöhnliches Gemüse abholten.

»Wer will riechen?«, fragte Herr Franz.

Alle hoben die Hand. Deshalb trug Herr Franz die Frucht auf dem weißen Tuch durch die Klasse und ließ jedes Kind daran riechen. Ich sog die Pfirsichluft tief in meine Lungen. Wir waren fünfzehn Kinder. Ich rechnete mir aus, wie groß der Schnitz war, den jedes von uns bekommen würde. Wenn ich Herrn Franz dazuzählte, war es einfacher zu rechnen. Halbieren und nochmals halbieren und nochmals halbieren und nochmals halbieren. Herr Franz setzte den Pfirsich wieder auf sein Pult und sagte: »Dieser Pfirsich gehört der oder dem Besten unter euch. Heute Nachmittag um drei Uhr ist die Übergabe.«

Wir schauten uns ungläubig um. Hatten wir richtig verstanden? Herr Franz wollte den Pfirsich nur jemandem allein geben? Ich sah, dass Katrina lächelte. Vermutlich zählte sie sich zu den Besten. Mein Magen wurde schwer. Ich hatte meine Chance auf den Pfirsich bestimmt bereits verspielt, weil ich zu spät zur Schule gekommen war.

Bis zur Pause arbeiteten wir wie immer. In der Pause ging aber das Rätseln darüber los, was Herr Franz mit »der oder die Beste« meinte. Olli war sich sicher, dass es um das Befolgen der Regeln ging, und wollte das auf dem Weg nach draußen auch allen mitteilen. Katrina schaute mich nur an und hob spöttisch die Augenbrauen. Ich wusste, was sie meinte: Sie gehörte zu den Schlaueren unter uns, mit Sicherheit war sie schlauer als Olli, und sie hielt auch mich für schlau. Olli hatte ihren Blick gesehen und zischte: »Bilde dir nur nichts ein, bevor Herr Franz den Pfirsich dem Besten von uns gibt.«

»Es könnte auch *die* Beste sein«, erwiderte Katrina kühl.

Olli entfernte sich und kickte einen Kieselstein weg.

Katrina sagte: »Wenn ich den Pfirsich bekomme, teile ich ihn mit dir. Und umgekehrt, einverstanden?«

Das war sehr nett von Katrina, denn sie konnte sich ja denken, dass sie die größere Chance auf den Pfirsich hatte. Dann warfen wir uns ins Fußball-Getümmel. Ich war froh, ein paar Minuten lang nur dem Ball hinterherzujagen. Kurz vor dem Tor verstellte mir Renzo den Weg, und ich gab an Sylvie ab. Renzo griff an, doch sie traf, bevor er bei ihr angekommen war, ins Tor. Strahlend kam sie auf mich zu und klatschte mich ab. Ich freute mich auch. Sie war die beste Fußballerin von uns allen, und ich hatte ihr die beste Vorlage gegeben. Oben ging ein Fenster auf, und Herr Franz lehnte sich hinaus. Ob er uns gesehen hatte? Als wir weiterspielten, kickte Renzo Sylvie so stark ins Schienbein, dass sie humpelnd ein paar Minuten aussetzte. Als sie wieder ins Spiel kam, drängten Olli, Leo, Katrina und Sol sie gemeinsam so weit an den Spielrand, dass sie nicht mehr an den Ball kam. »Das ist nicht fair!«, rief Sylvie aufgebracht.

Leo rief: »Immer meinst du, du seist die Beste. Jetzt siehst du mal, dass du es nicht bist!«

Renzo lachte laut und pfefferte den Ball, weil gerade niemand auf ihn achtete, ins Tor. Bevor er sich triumphierend uns zuwandte, schaute er nach oben zum Fenster. Aber Herr Franz war nicht mehr da.

»Du Idiot!«, raunte ich ihm zu, worauf Renzo sich nochmals vergewisserte, dass Herr Franz nicht mehr zuschaute, und mir eine runterhaute.

»Was soll das?!«, mischte sich Katrina ein, aber ich hatte Renzo bereits gegen die Wand geschubst. Jemand zog mich von Renzo weg, aber ich kickte nach hinten und kassierte gleich darauf noch einen Hieb. Ich wurde noch wütender, die Hiebe und Stöße wurden heftiger, und bald waren wir alle irgendwie verknäuelt und droschen aufeinander ein. Nur Katrina schrie von außen: »Hört auf! Ihr seid so dumm!«, was wiederum Olli veranlasste, mich an den Haaren zu reißen, weil ich mit Katrina befreundet war, die andere in Schlaue und Dumme einteilte.

Als wir wieder im Klassenzimmer saßen und den Pfirsich auf dem weißen Tuch sahen, wurde meine Wut noch größer. Er sah so unschuldig aus und wirkte dabei fast giftig. Am liebsten hätte ich ihn zertreten. Dann kam Herr Franz, musterte uns und erzählte uns die Geschichte vom Goldenen Apfel der Zwietracht, der den Krieg um Troja ausgelöst hatte, und dass dasselbe wohl auch mit einem Pfirsich funktionierte, so, wie wir von der Pause zurückgekommen seien. Herr Franz fand wohl witzig, dass er uns mit dem Pfirsich so hereingelegt hatte. Nur um uns beizubringen, dass die alten Griechen auch nicht besser gewesen waren als wir. Meine Wut verschwand nicht, und es war, als würde da vorne auf dem Tuch nicht der Pfirsich, sondern das Paket liegen. Ich hasste diesen Pfirsich, und ich hasste das Paket. Ich hatte Lust, Olli und Renzo so zu verprügeln, dass ihnen Hören und Sehen verging.

Nach dem Mittagessen, bei dem wir uns alle aus dem Weg gingen, sagte Herr Franz: »Vielleicht habt ihr gehört, dass letzte Nacht viele Leute verbotenerweise draußen waren. Ihr wisst, dass das gefährlich ist. Und vielleicht wisst ihr auch, warum viele Leute aus dem Pankoland gegen die Regeln verstoßen haben.« Er machte eine kurze Pause und fuhr fort: »Aus Herrn Pankos Keller ist ein Paket verschwunden, das ihm sehr viel bedeutet. Diebstahl. Das ist feige und unfair. Wer könnte das gewesen sein?«

Wir schauten alle zu Boden, und mir lief es heiß und kalt über den Rücken. Herr Franz schaute uns alle einzeln an. Blieb sein Blick besonders lange an mir hängen?

Renzo meldete sich: »Ich habe gehört, dass Herr Panko Frau Brenzi verdächtigt, das Paket gestohlen zu haben. Jetzt sind die einen für Frau Brenzi und die anderen für Herrn Panko.«

War das wirklich wahr?

Herr Franz nickte und sagte: »Du bist sehr mutig, Renzo, dass du uns das mitteilst. Wir wissen alle, dass viele von euch entweder im Brenzihaus oder im Pankohaus wohnen.«

Wir schauten uns um. Waren jetzt die Brenzileute gegen die Pankoleute? Wegen des Pakets, das in meinem Zimmer an der Vorhangstange hing? Und was hatten Irene und Fredo gemacht in der Nacht?

Herr Franz hob den Pfirsich auf und sagte: »Wir wollen keinen Krieg im Pankoland. Wir arbeiten und leben zusammen in einer friedlichen Gemeinschaft an einem friedlichen Ort. Es kommt auf jeden Einzelnen von uns an.«

Seine Worte waren tröstlich und einleuchtend, und ich merkte, dass ihm der Frieden im Pankoland wirklich wichtig war. Ich hätte ihm gerne geglaubt. Er fuhr fort: »Elise, du hast dich heute nicht in den hitzigen Kampf eingemischt. Du hast nur beobachtet und bist ruhig geblieben. Das war in dieser Situation das Beste. Das erwarte ich von euch allen, bis wir mehr über das Paket wissen. Elise, du bekommst den Pfirsich.«

Elise riss die Augen auf und stammelte: »Danke!« Sie roch an der Frucht, und dann bat sie Herrn Franz um ein Messer. Sie schnitt den Pfirsich in sechzehn exakt gleich große Stücke und verteilte sie an uns alle. Ich wusste nicht, ob mir der Pfirsich schmeckte oder nicht. Herr Franz war zufrieden mit Elise und mit seinem Unterricht, aber meine Wut wuchs wieder. Gerne hätte ich auch Elise ins Schienbein gekickt. Auch Katrina schnaubte herablassend, aber niemand traute sich mehr etwas zu sagen oder zu machen. Bevor wir nach Hause gingen, sagte Herr Franz noch: »Wer etwas über das Paket erfährt und mir oder Herrn Panko davon berichtet, trägt zu unserem Frieden bei und darf sich etwas Besonderes aussuchen. Aus der Papeterie.«

Das hob die Stimmung bei einigen. In der Papeterie gab es vierfarbige Stifte und Radiergummis, die man nicht brauchen konnte und die deshalb von niemandem geholt wurden. Aber sie waren wunderschön. Ich würde den Radiergummi aussuchen, der wie eine Erdnuss aussah.

Aber nie würde ich dafür das Paket oder Fredo verraten.

Zu Hause wartete Irene bereits mit einem kalten Birnenschalentee. Offenbar hatte sie nicht viel Arbeit gehabt in der Praxis. Ihre Frisur sah wieder normal aus, und sie tat, als wäre alles wie immer. Warum? Jetzt, wo wir uns endlich wiedersahen?

»Wo warst du?«, fragte ich. Sie versuchte ihren Arm um mich zu legen, doch ich schüttelte ihn ab. Ich wollte wissen, was los war. Irene sollte mir nichts vorspielen, ich hatte Angst gehabt!

»Ach, Clemens«, sagte sie verlegen, »ich bin erwachsen. Ich meine, ganz erwachsen. Und erwachsene Menschen müssen manchmal eine kleine Ausnahme machen und sich nachts besuchen, auch wenn man eigentlich nach Anbruch der Dunkelheit zu Hause bleiben sollte. Ich war bei Sascha. Und dann wollte ich mich zurückschleichen, aber draußen waren ganz viele Leute. Ich versuchte, nicht zu schauen, wer sich da auch nicht an die Regeln hielt, weil ich ja niemanden verraten will. Aber ich wollte auch selbst nicht gesehen werden. Deshalb habe ich bei Sascha übernachtet. Und das war so bequem, dass ich am Morgen verschlafen habe.« Sie kicherte, und als ich nicht einstimmte, kniff sie mich in die

Wange und sagte: »Aber niemandem weitererzählen, ja?«

Ich war sicher, dass sie log.

»Du lügst«, sagte ich.

Sie schaute mich erschrocken an. So einen schroffen Ton hatte sie nicht von mir erwartet. Und dann war es, als ob ihre aufgesetzte gute Laune von ihr abblätterte. »Setz dich«, murmelte sie. »Weißt du denn noch nicht, was gestern los war? Du wirst es kaum glauben. Ganz Pankoland war auf den Beinen, und Herr Panko mittendrin.«

»Herr Panko? In der Nacht?«, fragte ich ungläubig, und jetzt war Irene nicht mehr zu bremsen: »Er hielt alle an, um nach diesem verdammten Paket zu fragen. Am Anfang versteckten sich die Leute noch, um nicht gesehen zu werden, aber dann waren plötzlich immer mehr auf der Straße. Erwachsene, aber auch Jugendliche. Herrn Panko kümmerte das überhaupt nicht, er war nur fieberhaft hinter seinem Paket her und wurde wütend, wenn die Leute Fragen stellten. Unglaublich! Stell dir vor, was es braucht, dass Herr Panko die Regeln von Pankoland nicht mehr durchsetzt! Alle sprachen vom Paket, sie stritten auch. Natürlich fragen sich jetzt alle, was da drin ist. Es scheint, dass es irgendetwas Gefährliches ist. Eine giftige Substanz vielleicht. Aber weißt du, was das Gefährlichste daran ist, Clemens? Dass sich die Leute nicht mehr über den Weg trauen. Herr Panko lässt durchblicken, dass Frau Brenzi das Paket geklaut haben könnte. Frau Brenzi war nicht draußen gestern, aber ich bin sicher, dass sie alles mitbekommen hat. Viele Leute aus dem Brenzihaus sind nun wütend auf die Leute aus dem Pankohaus. Und alle versuchen, die Menschen aus den anderen Häusern aufzuwiegeln und auf die eine oder die andere Seite zu ziehen.«

»Aber Herr Panko sorgt doch mit dem Mauerdienst für die äußere Ordnung und Frau Brenzi für die innere. Und dafür, dass wir uns keine Sorgen zu machen brauchen«, sagte ich, denn so hatten wir es von klein auf gelernt. »Ist das jetzt nicht mehr so?«

Irene blies sich eine Franse aus der Stirn. »Ich dachte immer, der Frieden im Pankoland sei unzerstörbar. Und Frau Brenzi und Herr Panko seien ein unerschütterliches Duo, sie waren ja immer einer Meinung. Aber letzte Nacht habe ich gemerkt, wie schnell es passieren kann, dass die Menschen sich auf dreckigste Art bekämpfen. Es tut mir leid, Clemens. Es war so dreckig. Die ganze Nacht sind sie durch die Straßen gezogen, und es haben sich Gruppen gebildet, sogar am frühen Morgen noch. Deshalb konnte ich nicht aus Saschas Haus hinaus, um die

Schafe zu melken. Ich wollte niemandem begegnen. Es war zum Fürchten.« Irene schaute mich an und zischte dann verächtlich. »Wie schnell sich alles ändern kann – in nur einer Nacht! Noch gestern habe ich Frau Toni aus dem Vogelsanghaus einen Zahn geflickt. Und in der Nacht habe ich gesehen, wie sie auf den jungen Ferdinand losgegangen ist. Richtig böse.«

»Auf unseren Ferdinand?« fragte ich. Er wohnte gleich unter uns. Irene nickte und fuhr fort: »Sie hat ihm vorgehalten, schon immer ein Handlanger von Frau Brenzi zu sein. Und …« – an dieser Stelle lachte sie ungläubig: »Sie hat Ferdinand tatsächlich beschimpft, Frau Brenzi die Füße zu lecken. Wie kann ich Frau Toni je wieder ernst nehmen, wenn sie so mit jemandem spricht? Sie war immer anständig und nett. Wenn Frau Toni fähig zu so etwas ist, dann sind es alle anderen auch. Clemens, ich wünschte mir, dass wir nicht über solche Dinge sprechen müssten. Aber wir müssen.« Ich wusste nicht, was ich sagen sollte, und Irene wurde noch eindringlicher: »Wir dürfen nie das Vertrauen zueinander verlieren. Ich habe nicht gelogen, Clemens. Ich wollte dir nur nicht all das Hässliche erzählen, du bist noch ein Kind.«

»Ich bin bald zwölf«, erinnerte ich sie. Aber seit

wir das Paket im Haus hatten, schien auch das Vertrauen zwischen Irene, Fredo und mir ins Wanken geraten zu sein. Ich fragte: »Und die Unterirdischen? Wo waren die vergangene Nacht, wenn auch die Leute aus dem Pankoland draußen waren?«

Irene zuckte mit den Schultern. »Das war vielleicht das Gute am Ganzen. Dass die Unterirdischen sich nicht in unsere Gärten trauten. Vielleicht sollten wir in Zukunft mehr Wachen aufstellen, aber wir müssen ja auch tagsüber arbeiten.«

Irgendetwas fehlte noch an Irenes Bericht, aber ich kam nicht darauf, was.

»Du bist also gar nicht bis zu Sascha durchgekommen. Warum erzählst du mir, du seist bei ihm gewesen? Was hast du die ganze Nacht gemacht?«

»Doch. Du musst mir glauben, Clemens. Ich war bei Sascha, aber erst, nachdem …« Irene sackte resigniert auf ihrem Stuhl zusammen. »Nachdem sie mich erwischt haben. Und nachdem ich wieder freikam.«

»Wer hat dich erwischt?«

8.

Irene wird verhört

»Du willst alles wissen von letzter Nacht?«, fragte Irene und begann zu erzählen, ohne mein Nicken abzuwarten. Sie war gestern Abend aus dem Haus gegangen, auf dem Weg zu Sascha, quer durch die Gärten. Etwas war anders gewesen als sonst. Unterdrückte Geräusche hinter ihr. Obwohl sie keine Leute traf, schien es ihr, als ob sie nicht allein wäre. Irene bewegte sich vorsichtig und so schnell wie möglich den Hauswänden und Pflanzkisten entlang. Zweimal sah sie eine Person um die Ecke huschen. Als sie an der Ecke Weberhaus und Straße war, beobachtete sie, wie Frau Thissen vom Kensingtonhaus die Straße überquerte, stolz und mit langsamem Schritt, als ob es sie nicht kümmerte, gesehen zu werden. Doch Frau Thissen war schon über fünfzig und kannte die Gefahren der Nacht wie keine andere: Sie war in Herrn Pankos Selbstverteidigungsgruppe und wurde mit jugendlichen Unterirdischen schnell fertig. Frau Thissen winkte einer Person auf einem Balkon, die Irene nicht erkennen konnte, und sprach leise mit ihr. Vom darüberliegenden Balkon beugte sich Herr Somo hinunter und mischte sich aufgeregt ein. Irene versteckte sich für ein paar Minuten hinter einem großen Haselnussstrauch. Von der Hauswand in der Nähe lösten sich nochmals zwei Personen, möglicherweise waren es Hermine und Antonio vom Kensingtonhaus. Auch sie überquerten die Straße und gingen darauf ein Stück in Richtung Pankohaus, bevor sie seitlich wieder in einem Garten verschwanden. Irene sah sich um, und als sie niemanden mehr entdecken konnte, schlich sie in die entgegengesetzte Richtung bis zur Grenze am Auenbach, um einen Bogen zu schlagen um den Ort, an dem so viele Leute unterwegs waren. Sie wusste, dass das gefährlich war, weil nachts die Unterirdischen über den Auenbach ins Pankoland kamen. Aber wenn sie ein Stück den Zaun entlangging, der das große Weizenfeld abgrenzte, konnte sie wieder nach Esperanza einbiegen und von der anderen Seite her zu Saschas Haus gelangen.

Doch plötzlich wurde Irene von hinten der Mund zugehalten, und bevor sie sich wehren konnte, lag sie auf dem Rücken. Zwei jugendliche Unterirdische hielten sie fest: Ein Junge drückte ihren Hinterkopf gegen seinen Körper, und ein Mädchen kniete auf ihren Armen. Abwechselnd stellten sie ihr Fragen:

»Wie heißt du?«

»Wie alt bist du?«

»Wo wohnst du?«

»Was arbeitest du?«

Irene gab ihnen knapp Auskunft, sobald der Junge seine Hand ein wenig anhob. Aber sie verschwieg, dass sie Zahnärztin war. Schafe melken konnten viele Leute im Pankoland, aber Zähne flicken nicht. Irene war sicher, dass das ein Grund wäre, entführt zu werden und dann die Gebisse der Unterirdischen behandeln zu müssen. Da die Unterirdischen aber keine Schafe hatten und Käse oder Wolle von uns klauten, war Irene für sie nutzlos.

Irene bemerkte, wie der Junge und das Mädchen über ihren Kopf hinweg Zeichen machten. Sie schienen unschlüssig zu sein, was sie mit ihr anfangen sollten. Das Mädchen, dem Irene direkt ins Gesicht sah, starrte den Jungen mit schmalen Augen an. Der Junge drückte fester zu und bewegte offenbar den anderen Arm. Irene versuchte, ihren Kopf freizuschütteln, da wandte sich das Mädchen wieder ihr zu und fragte: »Was weißt du über Brendaland?«

Brendaland? Was sollte das denn sein?

Irene versuchte, ihnen trotzdem den Eindruck zu

vermitteln, mehr zu wissen als sie. Sie zuckte mit den Schultern und sagte: »Vielleicht habt ihr schon gemerkt, dass ihr hier im Pankoland seid. Oder passiert das öfter, dass ihr das falsche Land erwischt, wenn es dunkel wird?«

Sofort hielt der Junge ihr den Mund wieder zu. Das Mädchen kam ganz nahe an ihr Gesicht heran und zischte: »Brendaland. Wenn man immer im Pankoland sitzt und Schafe melkt, kann es passieren, dass einem das Hirn schrumpft und man vergisst, dass es auf der Welt noch andere Länder gibt.« Irene sah, dass dem Mädchen der Backenzahn hinter dem linken oberen Eckzahn fehlte. Sobald der Junge seinen Griff etwas lockerte, bemerkte Irene herablassend: »Tatsächlich, gibt es auf der Welt noch andere Länder? Das sagt eine Sechzehnjährige, die zum ersten Mal ein richtiges Haus zu sehen bekam, als sie sich nachts ins Pankoland schlich?«

Das Mädchen wurde unruhig und schaute abwechselnd zu Irene und dem Jungen. »Ich will wissen, was bei euch auf der anderen Seite ist.«

Auf der anderen Seite?

Jetzt sagte der Junge: »Stell dich nicht dumm. Bei uns ist Grundland –«

»Grundland«, unterbrach Irene ihn spöttisch. »Hübscher Name für die Welt der Unterirdischen.«

»Ein Witz, so alt wie du«, murmelte das Mädchen und rollte mit den Augen. Der Junge fuhr fort: »Hier, auf dieser Seite, seid ihr. Leider. Auf der anderen Seite von Grundland ist die Mauer. Und hinter der Mauer ist ...«

»Eine Mauer? Habt ihr auch eine Mauer auf der anderen Seite?«, entfuhr es Irene, und gleichzeitig wurde ihr bewusst, dass sie damit preisgegeben hatte, nicht mehr zu wissen als sie. »Und was ist bei euch hinter der Mauer?«

»Hinter der Mauer ist hinter der Mauer. Jedenfalls nicht Grundland und nicht Pankoland und auch nicht Brendaland«, sagte das Mädchen. »Ihr habt also auch eine Mauer. Wenn du uns sagst, was bei euch dahinter ist, verraten wir dir, was bei uns dahinter ist.«

Irene überlegte. Sie wusste ja selbst nicht genau, was hinter der Mauer war. Ob es weit war von hinter der Mauer bis zum Meer? Und was lag hinter der Mauer der Unterirdischen? Plötzlich kam Irene der Gedanke, dass dieselbe Mauer Pankoland und Grundland umfassen könnte. Was hatte das zu bedeuten?

»Brendaland ist es jedenfalls nicht«, sagte Irene so gleichgültig wie möglich.

Der Junge nahm seine Hände endgültig von Irenes Gesicht.

»Und hinter der Waldgrenze im Norden?«, fragte er.

»Felswand, Schlaukopf«, antwortete Irene, obwohl sie sich nicht sicher war. Der Wald zog sich weit nach Norden, und für den Holzschlag reichte das Gebiet, das Esperanza am nächsten lag. »Was soll das überhaupt, dieses Brendaland-Ding? Denkt ihr, dass mal eben über Nacht ein neues Land auftaucht?«

Die beiden Jugendlichen tauschten wieder unsichere Blicke, und diesen Moment nutzte Irene aus: Sie riss ihren Arm los und pfiff so laut sie konnte durch Daumen und Zeigefinger. Der Junge und das Mädchen sahen sich gehetzt um und verschwanden innert Sekunden fast lautlos in der Dunkelheit des Weizenfeldes.

Auch Irene machte sich so schnell wie möglich davon, obwohl ihre Beine vor Schreck zitterten. Sie wollte nicht entdeckt werden, auch nicht von Leuten des Pankolandes. Sie huschte zwischen dem Zaun und den entlegensten Pflanzkisten von Esperanza entlang und nahm die erste Lücke, die sie finden konnte. Schon von Weitem hörte sie, dass auf der Straße etwas los war. So viele Menschen hatte sie nachts noch nie versammelt gesehen. Irene schlich sich näher und beobachtete, wie sich die Leute des

Pankohauses mit den Leuten des Brenzihauses stritten. Sie blieb eine Weile und hörte zu. Etwas schien hier aus den Fugen zu geraten, plötzlich waren die Menschen nicht mehr wie vorher. Sie fürchtete sich davor, von ihnen entdeckt zu werden. Wer ihr bis dahin vertraut gewesen war, schien ihr plötzlich unberechenbar. Sobald sie konnte, rannte sie durch die Gärten zu Sascha, dessen Haus viel näher war als das Brenzihaus. Sascha war zu Hause. Er tröstete Irene.

Und wer tröstet mich?, dachte ich, als Irene fertig war mit ihrem Bericht. Doch statt das auszusprechen, fragte ich: »Wer ist Brenda?«

»Wenn ich das wüsste«, sagte Irene. »Keine Ahnung. Nie von einer Brenda gehört.«

Für einen kurzen Moment erwartete ich die Frage, ob *ich* schon mal von einer Brenda gehört hätte. Dann hätte ich Irene wohl vom Paket erzählt. Ich fürchtete mich vor dieser Frage, aber ich sehnte sie auch herbei. Eine, zwei Sekunden vergingen, aber Irene blieb stumm. Dann fragte ich: »Was ist eigentlich Puderzucker?«

Irene schaute mich erschrocken an, dann begannen ihre Augen zu glänzen. »Puderzucker? Davon hat mir deine Mutter erzählt, als ich etwa sieben

Jahre alt war. Sie sagte, als sie ein kleines Mädchen war und Geburtstag hatte, war am Morgen alles zugeschneit, die ganze Wohnung. Es war aber kein richtiger Schnee, sondern Zucker, so fein wie Staub, der sich über alles legte. Weiß, nicht braun wie unser Birnensirup. Deine Mutter erzählte, dass sie am Geburtstag andere Kinder einlud, um gemeinsam mit ihnen den Puderzuckerschnee von den Stühlen, dem Tisch, dem Boden und den Regalen zu lecken.« Irene lachte. »Vielleicht hat sie ja etwas übertrieben. Wer hat dir von Puderzucker erzählt?«

Ich zuckte mit den Schultern und murmelte etwas, das wie »Elise« klang. Dann wollte ich in mein Zimmer gehen, aber Irene hielt mich zurück, umarmte mich kurz und sagte: »Wir verlieren uns nicht, ja, Clemens? Du und Fredo und ich, wir halten zusammen.«

Ich nickte. Ja.

9.

Der Grenzübergang

Je mehr man über eine Sache wusste, desto besser konnte man ihre Gefahr einschätzen. Ich wollte mehr wissen über dieses Paket, das uns alle so bedrohte, und ich wollte mir den Ort der Übergabe genau anschauen. Fredo war noch im Depot, und Irene war in ihrem Zimmer und würde erst später zu kochen beginnen. Ich schlich hinaus. Um diese Zeit fiel ich noch niemandem auf, wenn ich mich draußen aufhielt. Vor dem Brenzihaus bog ich nach rechts ab und ging am Kartoffelacker und dem Brennnesselfeld hinter dem Dorf vorbei. Dann stieg ich zum unteren Auenbach ab. Dort betrat ich einen halb verwachsenen Trampelpfad, der dem Bach entlangführte. Er war gut von Bäumen und Buschwerk getarnt. Oft musste ich mich bücken, weil die Äste so tief hingen. Ich arbeitete mich bachaufwärts vor, bis sich das Gestrüpp unterhalb des Staudamms wieder auftat. Dort wuchs eine Weide mit tief liegenden Ästen, die mich gut tarnten. Ich kletterte im Baum auf halbe Höhe, setzte mich auf einen Ast und lehnte mich mit dem Rücken gegen den Stamm. Mein Sitz wippte leicht und war bequem. Hier hielt ich es eine Weile aus, und ich hatte gute Sicht auf den Grenzübergang.

Der Grenzübergang war eigentlich eine Staumauer aus Lehm, Astgeflecht und Steinen. Sie musste vor vielen Jahren angelegt worden sein. Oberhalb war der Auenbach breit wie ein kleiner See, und darin schwammen wir oft an warmen Sommertagen. Unterhalb, wo ich jetzt saß, floss das Wasser schnell ins abfallende Bachbett. Und drüben, etwa zwanzig Meter von mir entfernt, war das Land der Unterirdischen. Grundland. Wohin sollte ich das Paket bringen, wenn es so weit war? Zum Staudamm? Und wer würde es entgegennehmen? Die Idee, etwas so Wichtiges so nahe an die Grenze zu bringen, fand ich ziemlich gefährlich.

    Nichts bewegte sich, nicht bei uns und nicht drüben. Die Luft wurde kühl. Am gegenüberliegenden Ufer waren nur noch die Baumkronen von der Sonne beleuchtet, und bald lag alles im Schatten. Es war höchste Zeit, nach Hause zu gehen, aber ich blieb. Weil ich unterhalb des Staudamms saß, zeichnete er sich dunkel gegen den Himmel ab, als die Nacht hereinbrach.

Plötzlich knackte es in der Nähe, und ich hörte leises, schnelles Keuchen. Direkt unter mir liefen zwei barfüßige Gestalten durch. Ich erkannte sie nicht, sie hatten sich ihre Kapuzen über den Kopf gezogen. Ich wagte kaum zu atmen und beobachtete, wie sie wieder in der Dunkelheit verschwanden. Wenig später krochen die beiden im schwachen Gegenlicht über den Staudamm. Immer wieder hielten sie inne. In diesen Momenten verwuchsen sie mit dem Damm, und niemand hätte dort Menschen vermutet. Offenbar blieben sie ganz nah am Boden, damit man sie nicht von Weitem sah. Sie rechneten bestimmt nicht damit, von meinem Weidenbaum aus beobachtet zu werden. Nachdem die beiden drüben waren, blieb alles still. Waren das Unterirdische gewesen? Oder zwei aus dem Pankoland? Und was wollten sie drüben bei den Unterirdischen? Ich fröstelte und dachte an Irene und Fredo. Irene machte sich bestimmt schon Sorgen. Und ich hoffte, dass Fredo noch nicht zu Hause war. Was, wenn er entdeckte, dass ich gegen seinen Willen nach draußen gegangen war? Er musste sich doch auf mich verlassen können.

Als ich mich von hinten dem Brenzihaus näherte, sah ich, dass vorne auf der Straße Menschen waren. Sie standen eine Weile beieinander, dann gingen sie in verschiedene Richtungen davon. Einer kam in meine Richtung. Schnell schlich ich mich ums Haus herum zum sechsten Kellerfenster. Es war geschlossen. Mist, dachte ich, Fredo war also bereits zu Hause. Ich hoffte, dass mich niemand entdeckt hatte. Endlich erreichte ich das neunte Fenster, kletterte hinein und ließ mich zu Boden fallen. In diesem Moment packte mich jemand von hinten und hielt mir den Mund zu. Ich erschrak fürchterlich, zappelte und versuchte, in die Hand vor meinem Mund zu beißen. Es half nichts. Wer immer mich festhielt, war groß und kräftig. Und irgendwie weich.

»Na, Grashüpfer. Keine gute Zeit, sich draußen rumzutreiben«, sagte die Person. Es war eine raue Stimme, doch sie musste zu einer Frau gehören. Zu einer Unterirdischen, denn ich kannte sie nicht. Ich war verzweifelt. Jetzt hatte ich den ganzen Plan von Fredo vermasselt. Wer weiß, was Schlimmes passieren konnte, wenn ich gefangen wurde und das Paket nicht ablieferte! Und Irene? Wie konnte ich ihr je erklären, dass ich nur wissen wollte, was abends an der Grenze am Auenbach vor sich ging? Ich wollte auf keinen Fall verschwinden. Wenn ich ans Verschwinden dachte, wurde mir ganz schlecht. Ich konnte mir nichts darunter vorstellen. Vorstellen konnte ich mir nur Pankoland, aber nicht, was mit den Leuten geschah, die bei den Unterirdischen verschwanden. Ich zappelte und kickte, aber irgendwann ging mir die Kraft aus. Ich schnaubte heftig durch meine Nasenlöcher und kämpfte gegen die Tränen, denn zu weinen hätte alles noch schlimmer gemacht.

»Na also«, brummte die Frau, als ich aufhörte, mich zu wehren. Und dann stellte sie mir die Fragen, die in der Nacht zuvor auch Irene gestellt worden waren. Doch ich schwieg. Der Griff der Frau wurde noch etwas härter, und ich bekam kaum mehr Luft. Doch dann fiel mir etwas Rettendes ein. Sie merkte, dass ich etwas sagen wollte, und lockerte ihren Griff.

»Ich habe Kaugummis«, sagte ich. Ich spürte, wie sie leicht zusammenzuckte, und wurde mutiger. »Wenn Sie mich gehen lassen, gebe ich Ihnen zwei Kaugummis.«

»Was du nicht sagst. Du hast Kaugummis?«

»Oben habe ich sie. Zu Hause.«

»Pass auf, Kleiner«, sagte sie. »Wie kann ich sicher sein, dass du wiederkommst, wenn du die Kaugummis holst?« Noch während ich überlegte, sagte sie: »Gib mir dein Armband. Du kriegst es wieder, wenn du mit den Kaugummis zurückkommst.«

Das Lederarmband hatte mir Fredo zum zehnten Geburtstag geschenkt. Ich hatte es seither nie mehr ausgezogen. Die Frau lockerte ihren Griff nur so weit, dass ich den Knoten des Armbands lösen konnte und sagte: »Wenn du in fünf Minuten nicht zurück bist, bin ich weg und das Armband auch. Aber dann werde ich zurückkommen, und beim nächsten Mal nehme ich dich mit.«

Das war eine schreckliche Vorstellung. Sie löste langsam, langsam ihren Griff. »Wenn du gehst, schau mich nicht an. Wenn du mich anschaust, bin ich weg, und du weißt, was das bedeutet. Verstanden? Fünf Minuten. Wenn du zurückkommst, schaust du mich auch nicht an. Du kommst rückwärts herein, gibst mir die zwei Kaugummis, und dann haust du wie der Wind wieder ab und hältst den Mund. Klar?«

Ich hatte Angst, aber ich nickte. Sie ließ mich los, und ich drehte mich mit gesenktem Kopf von ihr weg, lief aus dem Keller und die Treppe hoch, immer zwei Stufen aufs Mal. Als ich im fünften Stock ankam, war ich außer Atem, aber die Zeit drängte. Ich ging hinein und an Irene vorbei, die »Clemens! Wo warst du?«, rief, und dann in unser Zimmer, wo Fredo vom Bett aufsprang. Er stellte sich mir in den Weg und pfiff *Morgentau im Morgengrau*, das wir für heute vereinbart hatten. Ich pfiff nicht zurück, sondern holte hastig die zwei Kaugummis aus dem

Versteck zwischen meinen Unterhemden hervor und stürmte, ohne ihn anzusehen, wieder hinaus und die Treppe hinab.

Vor der Kellertür bremste ich ab und drehte mich um, damit ich rückwärts hineingehen konnte. Und da sah ich Fredo die Treppe herunterkommen. Er versuchte, meinen Blick zu treffen. Dass etwas nicht stimmte und ich nicht sprechen konnte, war ihm klar. Ich konnte ihn kaum anschauen, so sehr schämte ich mich. Ich hatte meinen Bruder verraten. Warum hatte ich ihm nicht geglaubt und war oben in meinem Zimmer geblieben? Wurde jetzt die ganze Sache mit dem Paket noch gefährlicher für Pankoland?

Fredo gab mir ein Zeichen, ihn nicht zu beachten. Doch hinter ihm tauchte noch jemand auf: Frau Brenzi. Ich machte vor Schreck ein paar Schritte rückwärts und drückte dabei die Kellertür auf. Und bevor ich mir noch etwas überlegen konnte, entwand mir die Frau im Keller die Kaugummis aus der Hand, schubste mich zu Boden und verschwand durchs offene Fenster. Alles ging schnell, ich sah nur noch ihre Silhouette, die kurz das einfallende Mondlicht verdeckte. Die Frau war tatsächlich groß und breit, aber sie kletterte behände durch die Öffnung. Fredo stürzte an mir vorbei und versuchte, sie an den Füßen zu fassen, aber er kam zu spät. Und dann war es plötzlich ganz still im Keller. Ich wich Fredos Blick aus. Frau Brenzi stand im Türrahmen und starrte zum Fenster. Sie stammelte: »Das war … Das war …«

»Kennen Sie die Frau?«, fragte Fredo, aber Frau Brenzi hatte bereits ihr Lächeln aufgesetzt, kam auf mich zu und sagte: »Viel wichtiger ist jetzt, wie es unserem Clemens geht. Bist du verletzt? Wollte dich die Frau mitnehmen?«

Ich schüttelte den Kopf, klopfte mir den Staub von der Hose und murmelte: »Alles in Ordnung.«

Bevor ich noch etwas sagen konnte, erklärte Fredo: »Das Kellerfenster war wohl offen, weil ich vergessen habe, es zu schließen. Ich musste noch die restlichen Frühäpfel vom Depot einlagern, und es war so muffig hier drin. Da habe ich das Fenster geöffnet.« Wie geschmeidig er das sagte, mein Bruder.

»Gut, dass ich dich vorbeirennen gesehen habe, Fredo«, sagte Frau Brenzi. »Ich dachte schon, dass etwas nicht stimmt. Aber Clemens, was machst denn du um diese Zeit im Keller?«

Plötzlich stand auch Irene da.

»Ich habe dir doch gesagt, dass du die Einmachgläser erst morgen holen sollst! Was, wenn Fredo und ich dir nicht gefolgt wären?«, schnauzte sie mich an, aber ihr Schimpfen klang nicht echt. Frau Brenzi schaute uns der Reihe nach an und sagte: »Meine Lieben, ich zeige euch etwas, das ihr wissen solltet.«

Fredo bückte sich und hob mein Lederarmband vom Boden auf, das die Frau zurückgelassen hatte. Er gab es mir mit einem wütenden, fragenden Blick zurück. Als Frau Brenzi sich zum Gehen wandte, drückte Irene uns beiden kurz die Hand. Am liebsten hätte ich sie festgehalten, wie früher, wenn wir durch den Südwald von Pankoland spaziert waren. Ich wünschte mir, dass mir Irene den Weg zeigen würde, und alles wäre gut. Doch jetzt folgten wir Frau Brenzi aus dem Keller und aus dem Haus und bogen direkt in den Weg zum unteren Auenbach ein, den ich an diesem Abend schon einmal gegangen war.

10.

Der Faulturm

Hinter den Brennnesselfeldern kamen wir an den Auenbach. Dort bogen wir nach links ab. Frau Brenzi ging als großer, atmender Schatten vor mir, humpelnd und doch schnell wie immer. Hinter mir war Irene. Sie ergriff meine Hand, und am liebsten hätte ich mich umgedreht und hinter ihr versteckt. Zuhinterst ging Fredo.

Die Landschaft tat sich auf. Im Mondlicht waren auf der leicht abfallenden Ebene zwei Wasserbecken und ein viereckiger Turm zu erkennen, der sich schwarz vom Nachthimmel abhob. Weiter hinten war die Wiese bucklig. Hier war ich noch nie gewesen. Den Kindern wurde eingeschärft, nie unsere Hochebene zu verlassen und schon gar nicht auf die andere Seite des Brennnesselfeldes zu gehen. Wir blieben stehen, und Frau Brenzi deutete auf die Becken: »Das Mischbecken, das Senkbecken. Dort ist die Pflanzenreinigungsanlage. Und da der Faulturm.«

Faulturm? Das klang wie eine schreckliche Drohung. Am liebsten wäre ich weggerannt, nach Hause, und hätte mich in der Sicherheit unserer Wohnung ins Bett verkrochen.

»Unsere Kläranlage«, erklärte Irene schnell.

Fredo sagte nichts.

Wir gingen weiter und auf den Faulturm zu. Ich drängte mich näher zu Irene, und ihr Griff wurde fester. Es stank.

»Mir wird schlecht«, sagte ich, und bevor Irene antworten konnte, drehte Frau Brenzi sich um und sagte: »Das gehört auch zum Menschen, lieber Clemens. Der Gestank, wenn wir aufs Klo gehen. Aber was wir auf dem Klo machen, muss ja auch irgendwo hin. Hierher. Hier wird das Abwasser gereinigt und fließt dort unten mit dem Auenbach aus Pankoland hinaus.« Frau Brenzi schaute mich spöttisch an. »Atme dreimal tief durch die Nase ein und aus, danach riechst du es nicht mehr.« Ich schämte mich. Ich hatte mir noch nie Gedanken darüber gemacht, wohin genau unser Abwasser verschwand.

Fredo schien weniger überrascht als ich. Er fragte: »Und was verfault alles im Faulturm?«

»Da kommen die Stoffe hin, die im Mischbecken obenauf schwimmen und abgeschöpft werden können«, erklärte Frau Brenzi. »Und von Zeit zu Zeit muss auch der Grund des Senkbeckens ausgehoben werden. Das kommt dann auch alles in den Faulturm.«

Irene nickte. »Blätter und Scheiße.«

»Und die Asche der Toten, aber wir hatten ja schon länger keine mehr zu beklagen«, ergänzte Frau Brenzi. »Alles Flüssige, der Urin oder das Waschwasser, wird durch die Pflanzenreinigungsanlage geleitet. Von dort gibt es unterirdische Rohre zum Auenbach.«

Beim Wort unterirdisch zuckte ich zusammen.

»Und was im Faulturm verfault«, begann Fredo wieder, »das wird zu Dünger?«

»Genau, mein lieber Fredo«, sagte Frau Brenzi. »Das ist Dünger für unsere Kartoffel-, Gemüse- und Weizenfelder. Beste fruchtbare Erde. So brauchen und verbrauchen wir im Pankoland, was wir selbst produzieren.« Frau Brenzi war sichtlich stolz.

»Und wer arbeitet im Faulturm?«, fragte Fredo mit einem kurzen Seitenblick auf mich. Irene legte den Arm um meine Schultern. Ich hatte das unangenehme Gefühl, als wüssten alle außer mir die Antwort. Würde ich hier zur Strafe arbeiten müssen?

»Unterirdische«, sagte jedoch Frau Brenzi und zuckte dabei nicht mit der Wimper. »Und damit ihr das versteht, meine Lieben, muss ich euch leider sagen, dass die Unterirdischen mit uns auch nicht freundlicher umgehen, wenn sie uns erwischen. Ich möchte, dass ihr das wisst, weil ihr euch heute in eine sehr gefährliche Situation gebracht habt. Damit dient ihr niemandem. Seht ihr die Hügel dort?« Sie deutete auf die Buckel in der Landschaft. »Das sind ihre Unterkünfte, sie haben sie selbst gebaut. Unter der Erde ist es ihnen ja am wohlsten. – Sie sind nicht freiwillig gekommen, um uns mit der Kläranlage zu helfen, Clemens. Aber« – jetzt wurde ihre Stimme scharf – »es ist nur gerecht, wenn wir die Unterirdischen bei uns arbeiten lassen, solange sie auch Leute von uns bei ihnen gefangen halten.«

Fredo murmelte: »Wir wissen nicht, wer von unseren Verschwundenen von den Unterirdischen gefangen worden ist und wer ... sonst verschwunden ist.«

Frau Brenzi starrte ihn böse an. »Wir sprechen nicht über die Verschwundenen. Weg ist weg. Was ich euch heute gezeigt habe, war notwendig und soll euch eine Warnung sein und ist nur für euch bestimmt. Der Rest soll euch nicht kümmern.«

Fredo bohrte seine Ferse in den Boden. Bestimmt dachte er an Helena, die vielleicht unterirdisch leben und den ganzen Tag Klärschlamm in den Faulturm der Unterirdischen schaufeln musste. Oder in eine Faulgrube, weil die Unterirdischen ja keine

Türme bauten. Falls sie dort drüben überhaupt auch so eine Kläranlage hatten, aber irgendwo mussten sie ja hin mit ihrem Unrat. Ich dachte daran, was mir hätte passieren können, wenn ich der Frau im Keller nicht entkommen wäre. Mir war immer noch übel.

Frau Brenzi wandte sich mir zu, und sofort drückte mich Irene etwas näher an sich. »Mein lieber Clemens«, sagte Frau Brenzi. »Du hast uns in große Gefahr gebracht. *Du* bist in Gefahr. Und ihr wisst, dass in Esperanza im Moment großer Aufruhr herrscht wegen diesem ... wegen diesem ... Paket, das verschwunden sein soll. Du bleibst am besten ein paar Tage zu Hause.«

»Ohne Schule?«, stammelte ich.

»Du bist krankgeschrieben«, sagte Frau Brenzi, und dann machten wir uns alle auf den Weg zurück nach Hause. Das Brennnesselfeld kam mir endlos vor.

Zu Hause zog mich Fredo am Ärmel ins Zimmer, aber Irene folgte uns. Ich sagte, dass ich vorhin so spät nach Hause gekommen sei, weil ich mir ansehen wollte, wie die Leute von Esperanza spinnen, weil alle davon redeten. Doch ich hätte nicht viele gesehen.

Ich spürte, dass Irene einen leisen Zorn auf mich

hatte. »Du kannst froh sein, dass nichts passiert ist!«, sagte sie mit gepresster Stimme. »Zum Glück bist du jetzt für ein paar Tage zu Hause.« Dann ging sie in ihr Zimmer. Ich fühlte mich elend.

Sofort fragte Fredo mich aus: »Warum wollte die Frau Kaugummis von dir? Wie kommt sie darauf?«

»Ich habe sie ihr angeboten«, flüsterte ich.

Fredo verdrehte die Augen. »Das ist mir alles zu heiß. Du musst das Paket bringen. Am besten schon morgen.«

Morgen schon? Obwohl ich jetzt ein paar Tage lang nicht aus dem Haus gehen sollte?

»Fredo …«, fragte ich zögernd. »Weißt du, was da drin ist?«

»Ich bin doch nicht blöd und öffne das Paket«, sagte er. »Ich weiß nur so viel, wie ich wissen muss, um das Paket weiterzubringen. Du siehst ja, was hier los ist. Und dass etwas los ist, ist gut so, glaub mir.«

Ich schaute ihm in die Augen, obwohl ich so blöd gewesen war, das Paket zu öffnen. »Das wird schon gut gehen«, sagte ich und versuchte, dabei sicher zu klingen. Fredo nickte. Er hatte eine Falte zwischen den Augenbrauen, die ihn wie ein Mann aussehen ließ. Doch ich war noch nicht beruhigt. Nach heute Abend hatte ich einen schlimmen Verdacht. »Die

Unterirdischen beim Faulturm. Die sind nicht freiwillig gekommen. Sind sie ... haben wir sie ...?«

»Ja«, sagte Fredo. »Gefangen. Selbst schuld, sie machen das mit uns auch.«

»Drüben, bei ihnen? Bist du sicher?«

»M-hm.«

»Hast du schon mal gesehen, wie ein Unterirdischer von uns gefangen wurde?«

Fredo presste die Lippen zusammen und nickte.

»Warst du dabei?«, bohrte ich weiter.

Fredo nickte wieder.

»Und hast du geholfen?«

Fredo schaute mich nur an, und ich wusste, dass es so gewesen war.

11.

Heizen im Sommer

Ich hatte kaum geschlafen nach dem, was Fredo mir gestanden hatte. Obwohl er mir nichts weiter über seine Raubzüge bei den Unterirdischen erzählt hatte, stellte ich mir vor, wie er Menschen überfiel und verschleppte. Zusammen mit anderen, im Rudel. Dass er die Gefangenen vielleicht zum Faulturm brachte, wo sie in unterirdischen Häusern festgehalten wurden und tagsüber unseren Klärschlamm schaufeln mussten. Ich hörte Fredo in seinem Bett atmen. Ich wusste, dass das Paket zwischen der Wand und meinem linken vorderen Bettpfosten lag, wo ich es gestern versteckt hatte. Ich versuchte mir vorzustellen, wo Helena gerade war und dass Fredo vielleicht auch gerade an sie dachte. Oder von ihr träumte. Ich wälzte mich hin und her. Ich hatte immer gedacht, dass wir die Guten waren. Vielleicht waren wir besser als die Unterirdischen. Vielleicht. Aber wir waren nicht nur gut.

Gegen Morgen musste ich doch eingeschlafen sein, denn als ich erwachte, war Fredo bereits weg. Irene streckte den Kopf ins Zimmer und lächelte. Sie schien mir nicht mehr böse zu sein. »Na, du armer, kleiner, kranker Clemens«, sagte sie etwas übertrieben, als wäre ich wirklich krank. »Du sollst heute viel schlafen. Bleib liegen und genieß den Tag. Es gibt noch Haferbrei und Apfelmus, und am Abend bist ja du dran mit Kochen.« Sie warf mir eine Kusshand zu und schloss die Tür, nur um sie gleich wieder zu öffnen. »Und wenn was ist, kommt Frau Brenzi bestimmt gern zu Hilfe.« Sie schnitt eine Grimasse und ging.

Wenig später stand Katrina vor unserer Wohnungstür. »Ich bin krank«, murmelte ich, als ich öffnete, und sie glaubte mir sofort.

»Aber klappt es immer noch mit deinem Geburtstag am Sonntag? Sonntagmorgen?«

Daran hatte ich gar nicht mehr gedacht. Ich zuckte mit den Schultern und sagte: »Ja, ich glaube schon.« Am nächsten Sonntag wäre alles vorbei. Das Paket wäre nicht mehr hier, und vielleicht würden sich auch die Leute des Pankolandes wieder beruhigen.

»Esst ihr das Fleisch denn schon am Morgen oder erst am Abend?«, fragte Katrina. Wollte sie etwa nur wegen Fredos Eintopf mit mir Geburtstag feiern? Sie lachte und sagte: »Das war ein Scherz. Ich weiß schon, dass ihr nur Fleisch für drei holt.« Ich lachte auch ein wenig und dachte, dass es eigentlich auch schön wäre, mit Katrina zusammen Eintopf zu essen. Sie sagte: »Ich muss los, die anderen sind schon unten. Ich soll nicht allein laufen, sagt Papa, weil alle spinnen.«

Nachdem sie gegangen war, schlüpfte ich wieder ins Bett und versuchte zu lesen. Immer wieder schweifte ich ab, und irgendwann starrte ich nur noch die Decke an. Ich stand auf und aß Haferbrei mit Apfelmus. Hätte mich Frau Brenzi nicht krankgeschrieben, wäre ich selbst auf den Gedanken gekommen, krank zu sein. Ich schwitzte, obwohl ich mich kaum bewegte und nur Unterhose und Unterhemd trug. Hatte ich Fieber? Aber dann merkte ich, dass nicht mein Körper immer heißer wurde, sondern die Wohnung. Der Boden unter meinen Füßen fühlte sich warm an, auch dort, wo die Sonne nicht hereinschien. Frau Brenzi würde doch nicht etwa heizen im August? Plötzlich hatte ich einen schrecklichen Gedanken: Was, wenn die Kellerfrau von gestern wieder da war und unser Haus aufheizte? So warm, bis sie alle, die tagsüber im Haus waren, hinausgetrieben hatte? Dann könnte sie mich packen und verschleppen, am helllichten Tag. Ich bekam Panik und konnte an nichts anderes mehr denken. Wahrscheinlich war außer Frau

Brenzi und mir niemand im Haus. Janis vielleicht, der seine Werkstatt gleich nebenan im Anbau hatte. Obwohl ich Frau Brenzi nicht gern unter die Augen trat, war das noch besser, als wie ein verängstigter Fuchs aus dem Bau getrieben zu werden. Ich zog mich an und stand schon bald vor Frau Brenzis Tür. Gerade wollte ich klopfen, da hörte ich Geräusche aus ihrer Wohnung. Ihre Schritte, ein Schleifen und dann ein paar dumpfe Schläge, die leiser wurden. Dann wieder ihre Schritte. Ich klopfte. Sofort hörten die Geräusche auf. Ohne viel zu überlegen, klopfte ich nochmals. Hinter der Tür gab es einen Knall, als ob ein Brett zu Boden fallen würde. Dann näherten sich Frau Brenzis humpelnde Schritte. Sie öffnete und sagte lächelnd: »Na, mein lieber Clemens, ist dir schon langweilig? Du solltest sofort wieder nach oben gehen, damit du dich erholst.« Ihre Augen funkelten bedrohlich.

»Es ist so warm«, stammelte ich. »Ich glaube, die Heizung ist an.«

»Du irrst dich«, sagte sie, und es klang wie ein Befehl, sofort wieder zu verschwinden. Als ich keine Anstalten machte zu gehen, fügte sie hinzu: »Dir scheint der Schreck von gestern wirklich zugesetzt zu haben. Komm, ich begleite dich nach oben. Vom Keller her droht nichts, und ich bin ja hier.«

Sie schob mich zur Treppe und folgte mir bis zu unserer Wohnungstür. Ich nahm meinen ganzen Mut zusammen und fragte: »Was war dieser laute Knall vorhin in Ihrer Wohnung?« Sie lachte. »Ach, mach dir keine Sorgen. Das ist nur mein persönlicher Zugang zum Keller. Jemand muss ja einen direkten Zugang haben.«

»Eine Falltür?«, fragte ich, und sie antwortete mit einem knappen »Ja.« Damit ich nicht auf die Idee kam, noch mehr zu fragen, sagte sie: »Und jetzt schließ die Tür gut und bleib drin. Du brauchst keine Angst zu haben. Im Brenzihaus bist du sicher.« Und weg war sie.

Ich fühlte mich überhaupt nicht sicher. Unter meinen Fußsohlen spürte ich deutlich, dass ich mich nicht irrte: Die Heizung war an. Und Frau Brenzi hatte einen direkten Zugang in den Keller, wo auch die Heizung war.

Ich lenkte mich ab, indem ich Kartoffeln, Zwiebeln und Zucchini für das Abendessen schnippelte und in die Ofenform füllte. Aus den Tomaten und dem Schafskäse, die ich über das Gemüse verteilte, machte ich ein Gesicht: weiße Augen, eine rote Nase und einen großen, lachenden Käsemund. Dann legte ich mich wieder aufs Bett, ohne mich zuzudecken. Es störte mich, dass direkt unter mir das Paket lag. Ich holte es hervor und hielt es nur an der Packschnur zwischen Daumen und Zeigefinger, damit ich so wenig wie möglich davon anfassen musste. Ich trug es hinüber zu Fredos Bett und versteckte es hinter seinem hinteren rechten Bettpfosten in der Zimmerecke.

Mittlerweile war es Nachmittag. Ich schritt den Boden in der ganzen Wohnung ab, auch im Bad und in Irenes Zimmer. Jetzt schien er mir nicht mehr so heiß. Hatte ich mich vielleicht doch geirrt? Ich kratzte den Rest Haferbrei vom Morgen aus dem Topf und stellte das Abendessen in den Ofen. Und dann rüttelte jemand an der Tür. Ich erstarrte. Wer konnte das sein? Frau Brenzi? Aber die würde klopfen und rufen. Ich bewegte mich nicht und starrte die Türklinke an, die nach unten gedrückt wurde. Hatte ich wirklich abgeschlossen? Hielt die Tür in der Angel? Plötzlich hörte ich ein Gepolter und zwei unterdrückte Stimmen, als ob ein Mann und eine Frau miteinander kämpften. Mein Puls raste. Dann entfernten sich rasche Schritte im Treppenhaus, und es war wieder still. Einen kurzen Moment später klopfte es erneut an der Tür. Ich wagte nicht, mich zu bewegen. Und dann hörte ich die Stimme von Janis: »Clemens? Clemens! Ist alles in Ordnung bei dir?«

»Ja …« krächzte ich und öffnete die Tür einen Spaltbreit. Ich wäre Janis am liebsten um den Hals gefallen. Noch nie hatte ich mich mehr gefreut, seine warme Stimme zu hören und sein freundliches Gesicht zu sehen. Er streckte mir ein Käsebrot entgegen und sagte: »Damit du wieder zu Kräften kommst. Und ein Gruß von Katrina.« Er wandte sich bereits wieder um, und ich rief ihm ein erleichtertes »Danke!« nach. Er zwinkerte mir über die Schulter zu. Jetzt brauchte ich mich nicht mehr zu fürchten. Ich wollte ihn fragen, ob er vorhin gegen eine Frau gekämpft hatte im Treppenhaus. Ob es eine große Frau mit rauer Stimme gewesen war. Doch ich brachte keinen Ton über die Lippen, und er schien keine Fragen beantworten zu wollen. Ich schloss die Tür. Wer auch immer vorhin an unserer Tür gerüttelt hatte: Ich war froh, dass ich es nicht zu wissen brauchte, weil Janis es wusste. Er würde mich bewachen und beschützen. Plötzlich war ich müde und schwer wie ein Stein. Ich nahm ein paar Bissen des Käsebrotes, machte dann den Ofen mit dem halb garen Abendessen aus und schleppte mich ins Bett, wo ich sofort einschlief.

12.

Die Paketübergabe

Ich erwachte, weil Fredos Gesicht ganz nah über meinem war und er leise *Ka-Ka-Kack, jeden Tag Kartoffelbrei* pfiff.

Ka-Ka-Kack, wiederholte ich in Gedanken und blies die Melodie dazu leise durch meine Lippen.

»Jetzt«, flüsterte Fredo. »Wo ist es?«

Sofort war ich hellwach, und mein Herz hämmerte. Jetzt sollte ich endlich das Paket wegbringen, das mein Leben und ganz Pankoland in nur vier Tagen so durcheinandergebracht hatte! Ich holte es hinter Fredos Bett hervor und gab es ihm. Er kaute auf seiner Lippe herum. Seine Sommersprossen leuchteten, oder war es seine Haut dahinter? Oder kam es von der Tischleuchte, die auf meiner Kommode stand? Das Paket schob Fredo sich unter den Pulli, den er in der Hose feststeckte.

»Ich muss noch aufs Klo«, flüsterte ich.

»Vermassel es nicht«, flüsterte Fredo zurück und deutete zur Wand, hinter der Irenes Zimmer lag. Als ich durch die Küche zum Bad schlich, hörte ich

Gekicher und eine Männerstimme aus Irenes Zimmer. War das Sascha?

In der Spüle stand das Geschirr von Irene und Fredo, sie hatten anscheinend schon gegessen. Ich trank einen ganzen Becher Wasser. Fredo wurde ungeduldig.

»Essen kannst du nachher«, drängte er und schob mich zur Tür.

Doch dann drehte er sich nochmals um, schnappte das angegessene Käsebrot von Janis, das immer noch auf dem Küchentisch lag, und drückte es mir in die Hand. Ich steckte es in meine Hosentasche.

Im Treppenhaus begegneten wir niemandem. Vor Frau Brenzis Wohnung hielten wir einen Moment inne und lauschten.

»Frau Brenzi hat heute geheizt«, flüsterte ich. Fredo sah mich fragend an und tippte sich an die Stirn. Ich schob nach: »Und sie hat einen direkten Kellerzugang. Durch eine Falltür.« Fredo zögerte kurz und sagte: »Später.« Wir hatten Wichtigeres zu tun, als uns über Frau Brenzi Gedanken zu machen. Sobald wir sicher waren, dass sie uns nicht beobachtete, huschten wir an ihrer Tür vorbei und in den Keller, wo wir durch das Fenster Nummer vier nach draußen stiegen. Es war dunkel. Ich musste lange geschlafen haben.

Fredo und ich rannten durch den Garten und duckten uns immer wieder hinter den Pflanzkisten. Als wir den großen Kartoffelacker erreichten, rannten wir ohne Unterbrechung bis zum Brennnesselfeld und dann weiter auf dem Weg, der zur Kläranlage führte. Bevor wir sie erreichten, bogen wir nach rechts ab, hinunter zum unteren Auenbach. Auf dem Trampelpfad dem Bach entlang gingen wir so rasch, wie es das Gestrüpp erlaubte. Der Bach rauschte laut in der Schlucht, es war unmöglich zu hören, ob sich jemand näherte. Als das Bachbett wieder breiter wurde und wir die Grenze am Auenbach erkennen konnten, hielten wir an. Wir atmeten heftig und drückten uns gegen die Stämme der Weide, auf der ich gestern gesessen war.

Fredo sah mich an und nahm das Paket hervor. Sein Blick war ernst und etwas traurig.

»Fredo«, sagte ich. »Wir gehören doch zu den Guten?« Fredo senkte den Blick und sagte: »Ja. Wir gehören zu den Guten. Aber wir können nicht allein die Guten sein. Du wirst schon sehen.« Und dann tat Fredo etwas, was er noch nie getan hatte: Er umarmte mich und flüsterte: »Vertrau mir.« Ich dachte an Janis und daran, dass sich so die Umarmung eines Vaters anfühlen musste. Ich hielt Fredo auch fest, meinen Bruder, der nicht allein der Gute sein konnte und auch nicht nur mit mir und Irene zusammen. Ich spürte, dass ich etwas Gutes tat, wenn ich das Paket zur Grenze brachte. Meine Aufgabe war, das Paket hinauf zur Staumauer zu bringen, und nichts Weiteres. Wusste Fredo, wer es abholen würde? Ich fragte nicht. Manchmal war es besser, nicht zu viel zu wissen. Ich vertraute meinem Bruder.

Fredo und ich brauchten nichts mehr zu sagen. Ich machte mich auf den Weg mit dem Paket in der einen Hosentasche und mit dem Käsebrot in der anderen. Ich wusste, dass Fredo mir nachschaute, aber ich drehte mich nicht mehr um.

Vor dem Grenzübergang kauerte ich mich in den Schatten eines großen Steins. Ich wartete. Nichts geschah. Seltsamerweise war auch niemand vom Grenzdienst in der Nähe. Ich bekam etwas Hunger und klaubte mein zerdrücktes Brot hervor. Es schmeckte mir, obwohl ich aufgeregt war.

Ich dachte an Janis und Fredo und Katrina und Irene, die ich alle so liebhatte und für die ich jetzt etwas Gutes tat. Darüber vergaß ich achtzugeben, was um mich herum passierte, und schreckte erst auf, als ich links neben mir leise die Melodie von *Ka-Ka-Kack, jeden Tag Kartoffelbrei* hörte. Ich erkannte nicht, woher sie genau kam, aber ich wusste, dass dort nicht Fredo war. Es musste ein Komplize sein. Leise pfiff ich selbst die Melodie. Jetzt raschelte etwas hinter dem Aufgang zur Staumauer, und ein Schatten löste sich. Ich erhob mich, aber in diesem Moment wurde ich wieder zu Boden geschleudert. Ich sah aus den Augenwinkeln, wie die Person, die mir zugepfiffen hatte, über die Mauer nach Grundland hinüber davonrannte. Ich wurde von zwei Männern festgehalten. Einer keuchte: »Er ist weg. Ihm nach?« Der andere zischte: »Egal. Hier ist wichtiger.« Obwohl ich zappelte, tastete er mich blitzschnell ab und zog mir triumphierend das Paket aus der Hosentasche.

Jetzt hatte ich alles vermasselt. Wo war Fredo? Hatte er gesehen, was passiert war? Ich kämpfte gegen die Tränen und wehrte mich nur noch halbherzig gegen die harten Griffe der beiden. Fredos Plan war kaputt, und die Unruhen im Pankoland würden noch schlimmer werden. Und ich war schuld, weil ich nicht aufgepasst hatte. Mir war, als ob ich in einen dunklen Schlund stürzen würde.

Die beiden Unterirdischen packten mich unter den Achseln und schleppten mich über den Staudamm nach Grundland.

13.

Nach Grub und weiter

Der Weg nach Grundland war grauenvoll. Die zwei Unterirdischen hatten ihre Kapuzen über den Kopf gezogen, und ich konnte ihre Gesichter nicht erkennen. Bei dem Mann rechts von mir guckte ein Bart hervor. Die beiden gingen schnell und zogen mich vorwärts, sodass ich fast rennen musste, um nicht hinzufallen. Ich wollte um Hilfe schreien, aber das hätte nichts gebracht. Bei den Unterirdischen verschwand man lautlos. Schon seit ich klein war, wusste ich, dass ich nachts nicht nach draußen gehen durfte, um nicht von ihnen gefangen zu werden. Daran hatte ich mich immer gehalten, und deshalb war mir nie etwas passiert. Erst als Helena eines Morgens im Spätwinter nicht mehr auftauchte, wurde mir bewusst, wie gefährlich die Nächte im Pankoland waren. Seither hatte ich versucht mir vorzustellen, was es bedeutete, bei den Unterirdischen zu verschwinden, doch es gelang mir nicht. Zu verschwinden hieß weg zu sein, verschluckt vom Nichts. Ich hörte die Unterirdischen neben mir atmen und spürte ihre Griffe an meinen Armen und den kühlen, lehmigen Boden von Grundland unter meinen bloßen Füßen, als wir auf einem Ackerweg durch ein Kartoffelfeld hasteten, immer weiter weg vom Auenbach, immer weiter weg vom Pankoland. Ich dachte verzweifelt an Irene. Und an Fredo. Ob sie meinten, dass ich einfach weg war? Verschwunden für immer? Aber ich war ja hier, ich war nicht verschwunden. Und solange ich an sie denken konnte, konnten sie auch an mich denken. Ich dachte an Janis. Janis sollte auch nicht aufhören, an mich zu denken, denn ich war ja hier und hatte eben noch sein Käsebrot gegessen. Und an Katrina dachte ich auch. Sie würde in vier Tagen bestimmt an mich denken, an meinem Geburtstag. Dann dachte ich an Herrn Franz. Ich wünschte mir, dass er auch an mich dachte. Vielleicht war ich nicht der Beste gewesen, aber ich war einer von den Guten. Auch wenn ich es vermasselt hatte. Auch wenn ich gewusst hatte, wo das Paket war, und es ihm nicht gesagt hatte. Hätte ich es sagen sollen? Aber was wäre dann aus Fredo geworden? Ich dachte an Wesa und Lenz, denen Fredo morgen vielleicht erzählen würde, dass ich bei den Unterirdischen verschwunden war. Und an Helenas Mutter. Ob sie froh war, dass auch andere Kinder verschleppt wurden? Ich versuchte auch an meine Mutter und meinen Vater zu denken, doch es gelang mir nicht. Ich dachte an Olli und Sylvie und Renzo und Elise. Das gelang mir. Und an Frau Brenzi dachte ich. Sie könnte mir bestimmt helfen. Sie würde die zwei Unterirdischen umarmen und ihnen etwas unerträglich Nettes sagen und sie dann zum Faulturm schleppen, und sie könnten nichts dagegen tun. Und Herr Panko war bestimmt doppelt so kräftig und viel flinker als die beiden. Er würde sie zu Boden werfen, sobald sie aufzumucken versuchten. Vielleicht würde Frau Thissen ihm helfen. Ich dachte an die blöde Frau Toni und an Herrn Somo und an Sascha. Und an die Schafe. Vielleicht merkten die nicht, dass ich verschwunden war. Aber ich dachte trotzdem an sie, an ihre Wärme, an ihren grasigen Atem, an ihr Blöken, das manchmal wie das Weinen eines kleinen Kindes klang. Ich dachte wieder an Irene, an Irene, an Irene.

»Hör auf zu flennen«, fuhr mich einer der Unterirdischen an.

Links und rechts wurde der Boden hügelig. Manchmal schienen halbe Hügel abgeschnitten zu sein, und aus den beglasten Schnittflächen schimmerte Licht. So lebten die Unterirdischen also. Zwischen den Hügeln wuchsen Büsche und Bäume, vielleicht waren das Kirsch- und Apfelbäume. An einem Ast hing eine Schaukel. »Willkommen in Grub«, sagte der Bärtige höhnisch. »Für dich haben wir eine besondere Unterkunft.«

Grub? Hatten die Unterirdischen keinen schöneren Namen für ihr Dorf finden können? Erdreich zum Beispiel oder Tiefenheim?

Schon zerrten mich die beiden Männer weiter. Bald waren keine unterirdischen Häuser mehr auszumachen, und wir durchschritten wieder einen Kartoffelacker. Offenbar hatten die Unterirdischen genug Kartoffeln, aber sie kamen nicht mit dem Gemüse zurecht, deshalb klauten sie so viel bei uns. Plötzlich fragte ich mich, ob Fredo auch einmal hier gewesen war. Um die rotbackigen, großen Äpfel zu klauen, bei denen ich mich immer gewundert hatte, woher sie kamen. In Pankoland hatten wir nur Frühäpfel und Kochäpfel. War das Fredo zuzutrauen? Kannte er den Weg, den ich jetzt ging? Hinter dem Kartoffelacker wurde der Pfad schmal, und wir gingen hintereinander. Am Wegrand wuchsen Disteln und Brennnesseln, und als wir um die nächste Biegung kamen, öffneten die Unterirdischen ein Tor in einem geflochtenen Zaun, ähnlich wie unsere Mauer, und nach ein paar Metern gleich noch eins. Sie schoben mich hindurch und schlossen das Tor wieder. Vor uns lag eine dunkle Wiese mit fettem Gras und großblättrigen Pflanzen. Mittendrin zeichnete sich ein schwarzer Hügel gegen den Nachthimmel ab. Mich schauderte. Der Geruch zeigte mir sofort, was das war: die Kläranlage der Unterirdischen. Das hätte ich mir denken können. Mir wurde übel. Ich dachte an Frau Brenzi und atmete dreimal durch die Nase, um mich an den Gestank zu gewöhnen. Der Hügel war umgeben von Sumpf. Pfützen zwischen den Pflanzen spiegelten das Mondlicht. Sie warfen Blasen. Wir betraten einen Holzsteg, der über den Morast führte, direkt auf den schwarzen Hügel in der Mitte zu. Die Unterirdischen öffneten eine Tür aus morschem Holz, die darin eingelassen war. Sie gaben mir einen Schubs, und ich landete auf lehmigem, kühlem Boden. Als ich mich aufrappelte, hörte ich, wie sie von außen die Tür verschlossen. Das wäre also mein neues Zuhause: der Faulhaufen.

14.

Vergesst mich nicht

Ich setzte mich hin. Ich versuchte zu denken. Ich tastete den Boden um mich herum ab. Er war kühl und festgetreten, aber mir war nicht kalt. Der Faulhaufen schien zu atmen, warm zu atmen. Ich konnte nichts sehen. Es stank, aber nicht so sehr wie draußen. Vielleicht kam mir das aber nur so vor, weil ich schon mindestens hundertmal ein- und ausgeatmet und sich meine Nase daran gewöhnt hatte. Ich musste ja atmen. Um zu leben, musste ich atmen. Und jetzt? Ich tastete mich vorwärts und horchte. War da jemand? Eine Bewegung? Ein Ächzen? Atmeten hier Menschen? Ich dachte an Fredo und was er jetzt tun würde. Fredo würde herausfinden wollen, ob noch jemand da war.

»Hallo?«, flüsterte ich, und dann gleich nochmals etwas lauter: »Hallo?«

Ich hörte Bewegungen ganz in der Nähe. Jemand räusperte sich, eine Männerstimme. Und eine Frauenstimme etwas weiter weg fragte: »Neu angekommen?«

»Ja«, sagte ich. »Clemens.«

»Willkommen im Misthaufen, Clemens«, sagte die Frauenstimme. »Deiner Stimme nach bist du doch viel zu jung, um hier zu sein?«

Jetzt meldete sich noch eine dritte, aufgeregte Stimme: »Clemens! Clemens aus dem Brenzihaus?« Diese Stimme kannte ich. »Helena?«, fragte ich. Helena unterdrückte ein Lachen, das auch ein Schluchzer hätte sein können.

»Wo bist du, Helena?«

»Immer weiter meiner Stimme nach. Es gibt nur einen Weg. Rechts neben dir ist die Schlafhöhle der Männer. Hier ist die der Frauen.«

Jetzt meldete sich wieder die Frau von vorhin. »Aber wir haben nur einen Mann hier. Nicht wahr, Vergissmeinnicht? Für Kinder gibt es keine Schlafhöhle. Weil hier keine Kinder sein sollten. Aber du kannst zu uns herüberkommen. Wir sind zu zweit.«

»Ich und Rafaela«, ergänzte Helena, und Rafaela brummte: »Aus dem Kensingtonhaus, aber du erinnerst dich wohl nicht an mich. Im Pankoland spricht man nicht über die Verschwundenen.«

Dann flüsterte Helena meinen Namen, bis ich sie ganz nah hörte. Wir fassten uns an den Händen, und sie tastete mein Gesicht ab. Ich war plötzlich unerklärlich glücklich, obwohl ich noch nie im Leben in einer so schlimmen Lage gewesen war. Helena war hier. Sie lebte. Helena aus dem Pankohaus. Ich hatte sie gefunden. Sie war nicht verschwunden, sie war hier. Wenn Fredo das wüsste!

Ich erzählte Helena und Rafaela, dass im Pankoland Unruhe war, weil ein Paket verschwunden sei aus Herrn Pankos Keller. Und dass deswegen die Leute in der Nacht auf die Straße gingen. Rafaela wollte alles über das Paket wissen, aber ich sagte ihr nicht alles, was ich darüber wusste. Ich erzählte nur, dass ich dummerweise abends mit Fredo hinausgegangen war, um zu sehen, was sich da abspielte. Und dass ich dabei wohl zu nahe an die Grenze am Auenbach gekommen und von den Unterirdischen gefangen worden war. »Oh«, sagte Helena, »und Fredo hat es gesehen?«

»Ich hoffe es«, sagte ich, und plötzlich hatte ich einen dicken Kloß im Hals.

»Fredo wird dich befreien«, flüsterte Helena. »Ganz sicher.«

»Aber du bist ja auch schon so lange hier«, sagte ich. »Niemand hat dich bis jetzt befreit.«

Helena sagte trotzig: »Du wirst schon sehen. Sonst befreien wir uns selbst.« Rafaela lachte etwas spöttisch. Ich fragte: »Und wer ist der Mann? Vergissmeinnicht?«

»Der heißt so, weil er schon am längsten hier ist«, flüsterte Rafaela. »Wir wissen nicht, wie lange, und er weiß es selbst nicht. Er erinnert sich an gar nichts mehr. Das ist schrecklich. Deshalb nennen wir ihn Vergissmeinnicht. Damit er sich jedes Mal, wenn wir seinen Namen nennen, daran erinnert, dass er nichts vergessen soll. Wir sollten nichts und niemanden vergessen. Wir sollten endlich raus hier. Aber wohin?« Rafaela lachte noch einmal kurz auf und sagte: »Unruhen im Pankoland? Gut! Wenn alles gleich bleibt, kommen wir nie heraus. Dann schuften wir hier weiter und weiter und werden vergessen. Und wer weiß, was mit den Unterirdischen geschieht, die von uns gefangen werden.«

»Geschieht ihnen recht«, zischte Helena, aber ich bezweifelte, dass sie wusste, was genau die Unterirdischen bei uns machen mussten. Ich erzählte vom Faulturm. Rafaela schnalzte zustimmend. »Siehst du? Alle sind gleich. Ein großer Irrtum, diese zwei Länder. Das ist alles, was ich in den letzten Jahren gelernt habe.« Diese Rafaela war mir nicht geheuer. Wahrscheinlich hatte sie schon so lange Zeit im Faulhaufen verbracht, dass sie sich nicht mehr an die guten Dinge im Pankoland erinnern konnte. An die Schafe, an die Pflanzkisten, an die Menschen, die lieben Menschen da. Irene. Irene, Irene, Irene.

»Kennst du Irene?«, fragte ich.

»Irene vom Brenzihaus. Kenne ich«, sagte Rafaela. Nichts weiter. Ich erzählte Helena, dass ich vor ein paar Tagen ihre Mutter gesehen und dass Fredo mit ihr gesprochen hätte. Und dass ihre Mutter sie ganz bestimmt nicht vergessen hätte. Helena verstummte und fasste meine Hand. Sie ließ sie auch nicht los, als Rafaela sagte, wir sollten jetzt schlafen, es sei schnell genug wieder Morgen. Ich war sicher, dass Helena neben mir weinte. Ich wollte nicht weinen. Ich hielt nur ihre Hand und dachte daran, dass man in diesem Faulhaufen wohl nie zu frieren brauchte, auch wenn die Luft dick war.

Am Morgen fiel etwas Licht in unsere Höhle, Lichtpunkte, die von weiter hinten kamen.

»Luft- und Lichtlöcher«, erklärte Rafaela, die mich beobachtete. »Auf der Seite, wo kein Mist ist. Mist ist zwar warm, gibt aber auch gefährliche Gase ab. Keine Angst, die Höhle ist ausgepflastert. Und guten Morgen. Endlich kann ich dich sehen, so einigermaßen wenigstens.«

Helena setzte sich auf und betrachtete mich, als wäre ich ein Gespenst. »Tatsächlich«, sagte sie und lächelte. »Clemens. Du bist größer geworden.«

Ich versuchte, ihr nicht zu zeigen, wie erschrocken ich über ihr Aussehen war. Ihre Haare standen struppig ab, und sie sah viel älter aus, als ich sie in Erinnerung hatte. Ihre Haut war gebräunt und auf der Nase sogar etwas verbrannt. Neben ihren Lippen hatte sie feine Fältchen, obwohl sie doch erst fünfzehn war. Trotzdem sah sie schön aus, wild und schön. Ihre Augen leuchteten. Rafaela und Helena trugen die gleichen sandfarbenen Hosen und Kapuzenhemden. Rafaela hatte ihre Kapuze über den Kopf gezogen, nur ein paar Fransen guckten darunter hervor. Wahrscheinlich hatte sie ihre Haare zu einem Zopf gebunden. Ich sah mich um. Die Höhle und unsere Schlafnische waren mit Lehm verputzt und mit Matratzen ausgelegt. Rafaela konnte darin knapp stehen. In einer Nische in der Wand lagen zwei Zahnbürsten aus Holz und zwei Waschtücher. Vielleicht hatte ich mir gestern doch nur eingebildet, dass der Faulhaufen atmete. Es war sicher besser für uns, wenn seine Gase nicht zu uns hereindrangen. Trotzdem kam mir unsere Unterkunft vor wie ein riesiges Tier, das uns verschluckt hatte. In der Männerhöhle regte sich jetzt auch etwas. Rafaela beugte sich zu Vergissmeinnicht hinüber, der sich aufsetzte. »Schau, Vergissmeinnicht. Das ist Clemens aus dem Brenzihaus.« Vergissmeinnicht hob langsam seinen Kopf. Er schob sich die stumpfen Locken aus dem

Gesicht. Ich konnte nicht sagen, wie alt er war, aber sicher älter als Irene. Wir schauten uns an. Er sah abgekämpft und zerfurcht aus, aber seine graublauen Augen blickten warm. Ich spürte, dass ich von ihm nichts zu befürchten hatte. Er betrachtete mein Gesicht, als suchte er etwas darin. »Clemens aus dem Brenzihaus«, wiederholte er, und in seinem Gesicht schien etwas aufzublitzen, das aber gleich wieder erlosch.

»Ja. Nicht vergessen, bitte«, sagte Rafaela, und Vergissmeinnicht flüsterte: »Das werde ich mir merken, danke.«

Ich sah mich um. Müssten hier nicht noch mehr Menschen sein? »Wo ist Ollis Vater? Der ist doch auch vor ein paar Jahren verschwunden. Und andere, an die ich mich nicht mehr genau erinnere.« Rafaela lachte trocken und sagte: »Hier sind sie jedenfalls nicht. Die meisten werden nicht von den Unterirdischen gefangen, sondern befreien sich selbst.«

Ich verstand nicht, was sie damit meinte. Helena und Vergissmeinnicht schauten zu Boden.

Dann wurde die Tür geöffnet, und jemand schmiss eine Hose, ein Hemd und Waschsachen herein. »Für dich«, sagte Helena, und ich zog mich um.

15.

Trockenmist und frische Erde

Unsere Arbeit war genau so, wie ich befürchtet hatte. Wir mussten vom Holzsteg aus den Sumpf kontrollieren. Wenn sich etwas Größeres darin befand, ein totes Tier zum Beispiel, mussten wir es mit einer langen Stange, an der sich ein Haken befand, herausziehen, zuoberst auf den Faulhaufen legen und mit Mist bedecken. Das kam aber nicht oft vor, erklärte mir Helena. Zuletzt war ein junger Rehbock im Sumpf gestorben, der wohl auf der Flucht vor den Jägern gewesen war und es irgendwie über den Zaun hierher geschafft hatte.

»Die Unterirdischen jagen Wildtiere, weil sie keine Schafe haben«, sagte Rafaela. Mich schauderte. Helena ergänzte: »Deshalb klauen sie so viel Käse und Milch im Pankoland. Käse bekommen wir hier nur einmal in der Woche ein kleines Stück. Wahrscheinlich am Sonntag.«

»Wir haben die Wochentage vergessen«, sagte Vergissmeinnicht.

Ich murmelte: »Heute ist Donnerstag.«

Die Kontrolle des Sumpfes war noch der angenehmere Teil unserer Arbeit. Das hatten wir bald erledigt. Für den Rest des Tages waren wir damit beschäftigt, auf der Seite des Faulhaufens, wo die Luftlöcher waren, die neu entstandene Erde abzugraben. Wir luden sie auf Schubkarren und brachten sie über einen Feldweg zwischen die hohen geflochtenen Zäune, wo wir sie in einem Unterstand aufschütteten. Rafaela erklärte, dass die Unterirdischen diese Erde dort abholten und auf ihre Felder verteilten. »Drecksarbeit«, meinte sie. Ich gab ihr recht. Dass die Arbeit im Faulturm des Pankolandes womöglich noch dreckiger war, erwähnte ich nicht. Hier gab es ja keine Mischbecken, von denen die Kacke abgeschöpft werden musste. Ich fand bald heraus, wie die Kläranlage der Unterirdischen funktionierte: Offenbar kam hier nur das Flüssige an und wurde unter dem Boden gefiltert. Deshalb der stinkende Sumpf, der gegen den Faulhaufen mit einer unterirdischen Mauer abgegrenzt war. Die festen Teile des Abwassers, der Unrat, wurde wahrscheinlich bereits bei den Wohnungen der Unterirdischen vom Flüssigen getrennt. Der Faulhaufen bestand aus diesem trockenen Mist. Offenbar brachten die Unterirdischen ihren Trockenmist nach einer bestimmten Zeit zwischen die Zäune. Dort mussten wir ihn abholen und auf dem Faulhaufen aufschichten. Jede Schubkarre mit Erde vom Faulhaufen, die wir leerten, füllten wir gleich wieder mit Trockenmist, den wir zuoberst auf dem Faulhaufen verteilten.

Die Schubkarren waren schwer, ob sie nun mit Trockenmist oder mit neuer Erde gefüllt waren. Den Gestank nahm ich nicht mehr wahr. Bis am Mittag hatte ich Blasen an den Händen und riesigen Hunger und Durst. Ich dachte an das Käsebrot, das ich gestern Abend an der Grenze am Auenbach gegessen hatte. Es kam mir vor, als wäre das in einer längst vergangenen Zeit passiert.

Als Rafaela das nächste Mal von den Zäunen in Richtung Faulhaufen kam, zog sie einen Wagen mit einem Korbaufsatz hinter sich her. Wir gingen ihr entgegen und steuerten gemeinsam einen kleinen Hügel an, auf dem eine Wasserpumpe stand. Wir setzten uns am Wegrand in den Schatten des Wagens.

»Alles klar?«, fragte mich Vergissmeinnicht. Ich zuckte mit den Schultern. Vergissmeinnicht strich mir ungelenk über den Rücken und sagte: »Hier überlebst du, wenn du immer nur das tust, was im Moment wichtig ist. Jetzt sitzt du. Bevor du isst, wäschst du dir die Hände.« Er wartete, bis ich mit sauberen Händen wieder neben ihm saß. »Jetzt atmest du ruhig ein und aus. Die Luft ist sauber hier. Nimm eine Kartoffel. Iss langsam und komm wieder zu Kräften. Du hast viel gearbeitet.«

Ich wollte, dass diese Pause nie zu Ende ging. Helena, Rafaela und Vergissmeinnicht schwiegen, und ich fragte nichts. Doch ich merkte, dass ich mich auf die drei anderen verlassen konnte. Sie waren hier mit mir. Jetzt. Vergissmeinnicht aß seine Kartoffeln mit der linken Hand. Die rechte lag seltsam verdreht mit der Handfläche nach oben auf seinem Bein. Ich sah, dass er dicke Schwielen hatte. Meine Handflächen brannten. Vergissmeinnicht sagte: »Du solltest heute Nachmittag Pause machen. Geh immer an meiner Seite. Wir gehen hin und her, bis wir deine und meine Schubkarren mit Erde da unten haben. Und bis wir den Mist von da unten nach oben gebracht haben.«

»Vierzig Schubkarren pro Person und Weg«, sagte Rafaela, und Helena erklärte: »Bis der Erdhaufen die obere Markierung erreicht. Weil du jetzt hier bist und weil sie im Spätsommer gute neue Erde auf den Feldern brauchen, haben sie die Markierung höher gesetzt.«

»Bis wir bei der Markierung sind«, wiederholte Vergissmeinnicht. »Immer hin und her mit der Schubkarre.«

Rafaela spuckte zur Seite, und ich hatte ein schlechtes Gewissen. Ich half zwar noch mit, so gut ich konnte, aber ich wich nicht mehr von Vergissmeinnichts Seite. Wir gingen hin und her, schaufelten und leerten aus, schoben die Erde und den Mist über den Feldweg. Wenn wir Durst hatten, gingen wir zur Wasserpumpe. Wir aßen zwischendurch einen Apfel aus dem Korbwagen. Hin und her schleppten wir uns. Wenn wir aufs Klo mussten, versteckten wir uns hinter den Sumpfgräsern. Dort war überall Klo. Wir gingen und schoben die Karren. Wir schaufelten, bis wir bei der Markierung waren. Meine Hände schmerzten. Meine Beine auch. Vergissmeinnicht legte mir die Hand auf die Schulter, als wir gegen Abend nochmals zur Wasserpumpe hochgingen. Wir setzten uns alle vier und aßen die restlichen Äpfel und Kartoffeln. Die großen, süßen Äpfel der Unterirdischen. Helena schaute mich halb besorgt und halb belustigt an. Und dann erinnerte ich mich an nichts mehr. Helena erzählte mir am nächsten Morgen, ich sei noch vor dem Zähneputzen eingeschlafen und Rafaela und Vergissmeinnicht hätten mich zusammen in die Höhle unter dem Faulhaufen getragen. Ich hatte nicht mehr mitbekommen, wie es dunkel wurde und die Unterirdischen die Tür von außen schlossen.

16.

Fieber

Mein erster Gedanke am Morgen fuhr schmerzhaft durch meinen Körper. Irene! Fredo! Meine Hände schmerzten auch, und meine Beine fühlten sich schwach an, als ich mich zur Arbeit schleppte. Nachdem ich drei Schubkarren voll Erde und Mist geschaufelt hatte, platzten die Blasen an meinen Händen auf. Sie brannten entsetzlich, und ich konnte nicht verhindern, dass Erde und Dreck in die Wunden gelangten. Vor dem Essen versuchte ich meine Hände gründlich zu waschen. Vorsichtig. Ich biss auf die Zähne und arbeitete mehr als am Tag zuvor, obwohl alles noch schlimmer war. Am Abend pulsierten meine Hände und waren ganz rot. Ich hatte Kopfschmerzen von der Sonne und der Anstrengung und wollte mich bald hinlegen.

Mein erster Gedanke am folgenden Morgen fuhr schmerzhaft durch meinen Kopf, durch meine Hände, durch meinen ganzen Körper. Warum hatten Irene und Fredo mich noch nicht gefunden? Hatten sie mich vergessen?

Helena fasste mir an die Stirn und sagte zu Rafaela: »Er ist ganz heiß.«

Vergissmeinnicht kam herüber und sagte: »Du hast Fieber. Zeig deine Hände. – Entzündet.« Er holte eine kleine Flasche und leerte eine brennende Flüssigkeit über meine wunden Hände. Ich schrie. Er sagte: »Es muss brennen. Der Moment geht gleich wieder vorbei. Siehst du? Es brennt schon weniger.« Ich wollte weinen, aber dann ließ der brennende Schmerz schon nach. Es war weniger anstrengend, nicht zu weinen.

Diesen Tag verbrachte ich neben der Wasserpumpe im Schatten einer aufgestellten Schubkarre. Die anderen brachten meinen Teil Erde und Mist an den Zaun und zum Faulhaufen. Wenn ich aufstand, wurde mir schwindlig. Ab und zu kam Vergissmeinnicht. Ich fürchtete mich vor der brennenden Flüssigkeit, aber er sagte: »Es ist nur dieser Moment. Er geht sofort vorbei.« Wenn die anderen mit den Schubkarren und den Schaufeln beschäftigt waren, weinte ich doch ab und zu. Vielleicht schlief ich auch. Ich hörte einen seltsamen Vogel kreischen.

Am folgenden Morgen schmerzten mein Körper, mein Kopf und meine Hände noch schlimmer. Ich wollte zu Irene und Fredo und murmelte ihre Namen. Es war mir zu anstrengend, die Augen zu öffnen. Rafaela und Vergissmeinnicht waren in der Nähe und flüsterten miteinander: »Er fiebert.«

»Die Wunden sind eitrig, wir müssen sie noch öfter reinigen. Mindestens jede Stunde.«

»Wir brauchen mehr Alkohol.«

Helena strich mir über die Haare. Meine Hände pochten.

Sie betteten mich neben die Wasserpumpe. Vergissmeinnicht kam immer wieder vorbei, flößte mir etwas Wasser ein und reinigte meine Wunden mit der brennenden Flüssigkeit. »Das geht vorbei«, beruhigte er mich. »Ich habe mehr Alkohol und Salbe bestellt. Wir halten deine Wunden sauber, bis sie verheilt sind.« Rafaela erklärte mir, dass Vergissmeinnicht das leere Salbentöpfchen in den Korbwagen gelegt habe, damit die Unterirdischen dem nächsten Essen ein neues beilegen konnten, und dass sie heute dasselbe mit der Alkoholflasche tun würden. Dann werde alles wieder gut.

Es war heiß. Ich schwitzte und fror und versuchte, meine Hände nicht dem Sonnenlicht auszusetzen.

Am Mittag sagte Helena: »Heute ist Käsetag.

Sonntag.« Sie bot mir ein kleines Stück Käse an, Pankolandkäse. Doch ich wollte nur Wasser trinken, weil ich mich erinnerte, dass Trinken wichtig war, wenn man krank war. Das hatte Irene immer gesagt. Irene! Fredo! Ich flüsterte ihre Namen.

»Fredo ist sein Bruder«, erklärte Helena den anderen. »Ich kenne ihn.« Ich sah unter meinen halb geschlossenen Lidern hervor, wie Vergissmeinnicht nickte und nickte und gar nicht mehr aufhörte damit. Während er nicht aufhörte zu nicken, drehte sich das Wort Sonntag in meinem Kopf. »Sonntag«, flüsterte ich. »Mein Geburtstag.« Jetzt schauten alle zu mir. »Heute?«, fragte Rafaela, »dein Geburtstag?«

»Zwölf«, hauchte ich, und Vergissmeinnicht lächelte mir ungläubig zu: »Schon fast erwachsen. Zehn Jahre. Wie schnell zehn Jahre vergehen, wenn man sie nicht beachtet. Zwölf.«

Vergissmeinnicht war so wirr im Kopf wie ich, wenn ich Fieber hatte. Rafaela sagte: »Auf jeden Fall dürfen wir nicht vergessen, deinen Geburtstag zu feiern. Wir sollten uns alle daran erinnern, wie wir Geburtstage feiern.«

»Ich weiß nicht, wann ich zum letzten Mal Geburtstag hatte«, seufzte Vergissmeinnicht, und Rafaela sagte: »Schon klar. Dafür kannst du dir jetzt einen Geburtstag aussuchen, und dann vergessen wir ihn alle zusammen nicht mehr.«

Vergissmeinnicht nickte. »Aber heute ist Clemens' Geburtstag.«

Helena sagte: »Ich erinnere mich an meinen letzten Geburtstag. Fünfzehn. Es war noch Winter. Vor dem Schulhaus traf ich die anderen, die vom Brenzihaus kamen. Fredo. An dich kann ich mich nicht erinnern, Clemens. Vielleicht warst du schon drinnen. Ich blieb noch einen Moment draußen und redete mit Fredo. Er schenkte mir einen … einen …« Helena sah uns an, bis Rafaela brummte: »Sag schon.«

»Einen … Kaugummi.«

»Was?!«, rief Rafaela, und auch Vergissmeinnicht schaute, als wäre er plötzlich hellwach. Helena sagte leise: »Ja. Kaugummi.«

Rafaela fragte: »Woher soll Fredo Kaugummi gehabt haben? Das ist nun mal das, was es sicher nirgends zu holen gibt in Pankoland. Wisst ihr überhaupt, was das ist, Kaugummi?«

»Kaugummi von Fredo«, murmelte ich, weil das so schöne Wörter waren, und dann auch noch: »Süß.«

Rafaela lachte auf. »Das glaub ich ja nicht. Ich erinnere mich genau, wie Brenzi und Panko allen einschärften, nicht einmal das *Wort* Kaugummi in den Mund zu nehmen. Um es ein für alle Mal aus dem Gedächtnis des Pankolandes zu tilgen. Und jetzt kommt ihr und schenkt euch fröhlich Kaugummis zum Geburtstag? Siehst du, Vergissmeinnicht? So leicht lassen sich die Dinge nicht vergessen. Plötzlich sind sie wieder da.«

Ich sah die anderen plötzlich nur noch verschwommen. Ihre Stimmen verstummten, und mein Kopf rauschte. Vor meinen Augen tanzten Fredos Kaugummis: kleine Klumpen, eingewickelt in weißes Papier. Ich sah die Frau vom Keller, wie sie ihre Hand nach den Kaugummis und dann nach mir ausstreckte. Immer näher kam sie. Mein Herz hämmerte. Gleich hatte sie mich. Sie packte meine Hand. Es tat weh. Sie nahm mir den Kaugummi weg, den ich in meiner Faust hielt. Ich schrie. Jemand berührte meine Stirn. Ich öffnete die Augen, und da saß sie groß über mir. Ich zappelte und schrie nochmals, aber es kam kein Ton heraus. Die Frau begann, meinen Namen zu sagen. Ganz ruhig, mit einer tiefen Stimme. Ganz ruhig. Clemens. Und langsam wurde mir klar, dass Vergissmeinnicht bei mir war. Nicht die schreckliche Frau. Er sagte: »Geburtstagskind. Jetzt bist du krank. Du musst Wasser trinken und schlafen. Trinken und schlafen. Bis du wieder gesund bist.«

»Hoffen wir's«, sagte Rafaela und füllte die Wasserflasche an der Pumpe auf. »Wir vergessen dich nicht, Clemens. Aber wir sollten weiterarbeiten. Heute ist zwar Käsetag, aber sonst ist alles wie immer, denn geschissen wird auch am Sonntag.«

17.

Geburtstagserinnerungen

In den folgenden Nächten erwachte ich mehrmals mit Schmerzen in meinen entzündeten Händen und mit einem schrecklichen Gedanken: Erinnerten sich Fredo und Irene an mich, oder war ich schon vergessen? Vor Verzweiflung konnte ich kaum mehr einschlafen. Nur Helenas ruhiger Atem neben mir tröstete mich ein wenig.

Tagsüber nahmen mich Helena, Vergissmeinnicht und Rafaela hinaus zur Wasserpumpe und schauten nach mir, während sie arbeiteten. Einmal regnete es, und sie bauten aus der Schubkarre, die normalerweise Schatten spendete, einen Unterschlupf, auf den die Tropfen trommelten. Ich aß fast nichts. Ich trank Wasser, träumte wirres Zeug und fürchtete mich vor Vergissmeinnichts brennender Handpflege. Aber ich war jedes Mal froh, ihn oder Helena oder Rafaela zu sehen. Manchmal, wenn ich wach war, kroch ich unter der Schubkarre hervor und schaute nach, ob ich sie irgendwo entdeckte auf dem Faulhaufen oder dem Feldweg. Ich hatte

Angst, dass sie verschwinden könnten. Das wäre fast so schlimm, wie wenn ich selbst sterben würde.

Und dann kam eine Nacht, in der ich ohne Träume und Schmerzen schlief. Am Morgen dachte ich zuerst an Fredo und Irene, doch dann fiel mir mein Geburtstag ein. Er war einfach so vorbeigegangen! Katrina. Ich hatte mit Katrina feiern wollen. Irenes Überraschung früh am Morgen: verpasst. Fredo hatte Fleischeintopf kochen wollen. Verpasst! Fleischeintopf. Ich setzte mich auf. Die Erinnerung an Fredos Fleischeintopf war gleichzeitig furchtbar und wundervoll.

Helena neben mir erwachte. Sie setzte sich auch auf. »Geht es dir besser?«, fragte sie. »Hast du Durst?« Ich nahm dankbar die Flasche, die sie gestern Abend vom Korbwagen mitgenommen hatte. Meine Hände waren zittrig und schmerzten. Aber ich ließ die Flasche nicht fallen.

»Zeig her«, sagte Vergissmeinnicht, der herübergekommen war. Er kontrollierte meine Hände und Unterarme. Er drückte leicht auf die geschwollenen Stellen neben meinen Blasen und wusch die Wunden mit Alkohol aus. Der Schmerz stach und ging schnell wieder vorbei. Dann rieb Vergissmeinnicht meine Hände vorsichtig ein und befahl mir, sie ein paar Minuten ruhig zu halten, bis die Salbe eingezogen war. Er sagte: »Sieht gut aus. Glück gehabt.«

»Keine Blutvergiftung«, sagte Rafaela, »das ist gut.«

Und plötzlich fühlte ich mich glücklich, weil ich an diesem schlimmen Ort liebe Menschen um mich hatte, die sich um mich sorgten, und weil ich mich wieder kräftiger fühlte. Ich würde nicht einfach verschwinden. Ich sagte: »Keine Blutvergiftung zu haben, ist wie ein Geburtstagsgeschenk.« Rafaela lachte trocken, weil das vielleicht ein wenig kitschig geklungen hatte, aber Vergissmeinnicht nickte und sagte: »Ja, das ist ein Geschenk.« Und dann tat er etwas, das ich nicht erwartet hatte, und auch Helena und Rafaela guckten komisch: Er drückte mich an sich und küsste mich aufs Haar. Er wollte mich gar nicht mehr loslassen.

Später, als ich neben der Pumpe saß und Rafaela eine Trinkpause machte, sagte sie: »Vergissmeinnicht ist normalerweise nicht so sentimental. Dass er dich so umarmt hat ... Wenn er das wieder macht und dir nicht wohl ist dabei, sagst du es ihm. Ja? Und wenn du es ihm nicht direkt sagen willst, sagst du es mir, und ich sorge dafür, dass er dich nicht mehr anfasst. Wenn du das nicht willst, darf er das nicht tun.«

Rafaela klang fast wie Irene. Aber ich beruhigte sie und sagte: »Es ist in Ordnung.« Er hatte sich sogar gut angefühlt, Vergissmeinnichts Arm, der so stark um meine Schultern gelegen und seine ungelenke rechte Hand, die über meinen Kopf gestrichen hatte. Ich hatte dabei an Janis gedacht. Und ich hatte gespürt, dass Vergissmeinnicht es aus Erleichterung, dass es mir besser ging, getan hatte.

Am Abend, als wir bei der Wasserpumpe saßen und die restlichen Kartoffeln und Äpfel aßen, erinnerte sich Rafaela an meinen Geburtstag. »Erzähl uns, wie du deinen Geburtstag feierst«, sagte sie.

»Fredo holt Fleisch und kocht Eintopf.«

»Fleisch ...«, seufzte Rafaela. »Wie lange habe ich keins mehr gegessen. Ich weiß gar nicht, ob ich es noch könnte.«

Ich beschrieb, wie Fredos Eintopf schmeckte. In der braunen dickflüssigen Soße schwammen ja nicht nur Fleischstücke, sondern auch Bohnen und Tomaten, Zwiebeln und Karotten.

»Doch!«, unterbrach mich Rafaela, »das könnte ich mit Sicherheit noch essen. Es schmeckt salzig, und das Fleisch ist vom langen Kochen ganz weich. Die Karotten schmecken süßlich. Und die Soße, die würde ich am liebsten mit frischem Brot auftunken.«

»Mir schmeckt es auch«, sagte Vergissmeinnicht und schmatzte ein wenig dabei. »Fredo kann sehr gut kochen.« Nur Helena schwieg.

»Fredo kann auch Brot backen«, sagte ich. »Fladenbrot.«

»Na siehst du«, meinte Rafaela. »Das dürfen wir nie vergessen. Wie gut dein Bruder kochen und backen kann. Jetzt wissen wir es alle vier. Wir werden nie vergessen, was es an deinem Geburtstag zu essen gibt.«

»Und Irene macht immer Überraschungen. Sie wollte diesmal, dass ich ganz früh aufstehe.«

»Und dann?«, fragte Vergissmeinnicht. »Was hättet ihr gemacht am frühen Morgen?«

»Ich weiß nicht. Aber Katrina wäre auch mitgekommen.« Natürlich wollten die anderen jetzt wissen, wer Katrina war. Ich erzählte von ihr und ihrem Stuhl, den Janis geschnitzt hatte und den sie gefeiert hatten, ohne dass sie Geburtstag hatte.

Am nächsten Morgen blieb der Gedanke an Irene und Fredo als dumpfer Klumpen in meinem Bauch liegen. Das hörte wahrscheinlich nie mehr auf, auch wenn ich jetzt wieder gesund wurde: jeden Morgen dieser Schreck, wenn ich merkte, dass ich mich im Faulhaufen der Unterirdischen befand und mich erinnerte, während ich langsam vergessen ging.

Ich arbeitete wieder, so gut es ging. Vergissmeinnicht schärfte mir ein, sofort damit aufzuhören, wenn sich die Wunden wieder öffneten. Er reinigte und salbte meine Hände in jeder Trinkpause, aber jetzt brannten sie nicht mehr. Helena steckte mir ein Stück Käse zu, das sie seit Sonntag für mich aufgehoben hatte. Ich lutschte es, bis es zu einem Brei wurde auf meiner Zunge, um den salzigen Geschmack möglichst lange im Mund zu behalten. Ich wollte den Pankolandkäse nie vergessen, nie.

18.

Aufruhr in Grundland

Einmal stand um die Mittagszeit kein Korbwagen für uns bereit. Wie sollten wir arbeiten, wenn wir nichts zu essen hatten? Wer dachte an uns und unseren Hunger? Wenn sogar die Unterirdischen uns vergaßen, waren wir wirklich verschwunden. Helena meinte: »Wenn sie uns kein Essen hinstellen, bewachen sie uns wahrscheinlich auch nicht. Lasst uns rausgehen.« Vergissmeinnicht riss die Augen auf. Wahrscheinlich hatte er bereits vergessen, dass es ein Leben außerhalb der Kläranlage gab. Rafaela schaute Helena jedoch anerkennend an. »Wahrscheinlich ist das äußere Tor geschlossen. Aber du hast recht. Es ist nicht normal, dass sie uns keinen Korbwagen hinstellen. Irgendwas ist da los.«

»Gehen wir nach Pankoland?«, fragte ich.

Rafaela sagte zweifelnd: »Eher unwahrscheinlich, dass sie uns da wieder aufnehmen würden.«

»Sie vermissen uns. Das weiß ich«, sagte Helena trotzig, und ich gab ihr recht. Aber würde jemand Rafaela vermissen und aufnehmen, wenn sich im

Pankoland sogar die Menschen, die sich jeden Tag begegneten, nicht mehr über den Weg trauten und sich gegenseitig die Schuld am Verschwinden eines Pakets zuschoben? Würde Rafaela je wieder glücklich sein können in Esperanza, obwohl alles getan worden war, um sie zu vergessen?

»Du kannst bei mir wohnen«, sagte Helena zu Rafaela, als hätte sie meine Gedanken gelesen. »Meine Mutter ist sicher einverstanden. Und sie ist meistens nett.« Ich nahm Vergissmeinnichts Hand und sagte: »Und du wohnst bei uns. Bei Irene, Fredo und mir.« Vergissmeinnicht nickte, löste seine Hand aus meiner und ging vor uns her. Ich sah seinen Rücken vor mir, und wie er sich mit dem Arm ein paarmal über das Gesicht fuhr. Ob er sich Tränen abwischte? War er traurig, dass er sich an nichts erinnerte?

Wir gingen ohne Schubkarren. Ich wurde mit jedem Schritt, mit dem wir uns dem Zauntor näherten, glücklicher. Konnte es sein, dass wir noch heute hier wegkamen und uns auf den Weg nach Pankoland machten? Wenn wir den Auenbach erreichten, mussten wir nur die Dunkelheit abwarten und dann vorsichtig über den Staudamm schleichen. Und im Pankoland konnten Helena und ich den anderen den Weg zu unseren Wohnungen zeigen. Ich stellte mir die Gesichter von Irene und Fredo vor, wenn ich nach Hause kam. Wir würden uns umarmen und nie mehr zulassen, dass einer von uns verschwand.

Wir stießen das innere Zauntor auf und traten in den Zwischenraum. Ich dachte an den Rehbock. Wie hatte der es nur über die doppelte Einzäunung der Kläranlage in den Sumpf geschafft? Zu unserer Überraschung ließ sich auch das äußere Zauntor öffnen. Doch wir hatten uns zu früh gefreut: Etwa zehn Meter vor uns näherte sich ein Unterirdischer mit dem voll bepackten Korbwagen.

»Zurück mit euch!«, befahl er. Wir stolperten rückwärts wieder hinein zwischen die Zäune. Dort blieben wir stehen, und der Unterirdische schloss das äußere Tor. Rafaela warf sich sofort auf ihn und drehte ihm den Arm auf den Rücken. Seine Kapuze rutschte ihm auf die Schultern. Er hatte sauber gekämmte Haare und einen leichten Bartwuchs. Wahrscheinlich war er etwa zwanzig Jahre alt. »Und jetzt?«, lachte er. »Willst du mich als Geisel nehmen? Ich sag dir was: Das interessiert hier im Moment niemanden.«

Rafaela ließ ihn nicht los, und uns allen fiel nichts ein, was wir hätten sagen können. Deshalb sprach der Unterirdische weiter. »Die denken schon gar nicht mehr an euch, also seid froh, dass ich euch was zu essen bringe. Das reicht für etwa drei Tage, denn ich weiß nicht, wann ihr das nächste Mal etwas bekommt. Ich mache das aus Nettigkeit, aber vielleicht erinnert sich erst wieder jemand an euch, wenn sich der Mist überall türmt.«

»Was ist da draußen los?«, fragte Vergissmeinnicht.

»Sag ich dir, wenn sie mich loslässt«, antwortete der Unterirdische. Rafaela ließ ihn los und stellte sich vor das Tor, damit er nicht abhauen konnte.

»Vor ein paar Tagen soll ein Paket mit gefährlichem Inhalt nach Grundland gelangt sein. Das hätte eigentlich geheim bleiben sollen. Aber jetzt reden plötzlich alle davon, weil es bereits wieder verschwunden ist. Aus der Nebenhöhle von Frau Frei.«

Helena kicherte. »Nebenhöhle von Frau Frei, wie das klingt! Wie bei der Ärztin.«

Der Unterirdische lachte nicht und sagte: »Du kennst Frau Frei nicht.«

»Vielleicht ist sie wie Frau Brenzi«, sagte ich. Vergissmeinnicht hielt sich den Zeigefinger an die Lippen und schüttelte leicht den Kopf.

»Jedenfalls ist jetzt Aufruhr in Grundland, und alle sind hinter dem Paket her. Seid froh, wenn sich jemand an euch erinnert.«

Vergissmeinnicht sagte zum Unterirdischen: »Du

hast uns nicht vergessen. Du kannst uns täglich das Essen bringen, und wir packen den Mist auf den Faulhaufen.«

Rafaela trat bedrohlich auf den Unterirdischen zu. »Wir behalten dich hier, damit du uns hilfst.«

Der Unterirdische wich Rafaela aus, bevor sie ihn am Arm erwischt hatte, und rannte zwischen den Zäunen davon. Kurz bevor er um die Kurve bog, rief er über die Schulter: »Ihr seid so dumm wie die Leute, die sich über das Paket empören. Sucht euch jemand anderen, der sich um euch kümmert. Ich bin dann mal weg. Brendaland.«

»Was hat er gesagt?«, fragte Rafaela, als er verschwunden war. »Brendaland? Was soll das denn sein?«

Brendaland! Jetzt konnte ich nicht mehr schweigen, und ich erzählte den anderen, dass Irene kürzlich auch von zwei Unterirdischen festgehalten worden war, die sie nach Brendaland gefragt hatten. Aber ich erzählte nicht, dass ich wusste, was im Paket war und dass der Brief darin mit Brenda unterschrieben war.

Der Unterirdische war uns entwischt, den konnten wir nicht mehr ausfragen. Wir zogen den Wagen zur Wasserpumpe hoch und machten eine sehr lange Mittagspause. Heute kontrollierten die Unterirdischen unsere Markierung bestimmt nicht. Überraschenderweise waren sogar gebackene Zucchini im Korbwagen. »Die haben sie aus dem Pankoland geklaut«, meinte Helena. »Genau solche wachsen bei uns.« Wir teilten sie unter uns auf und aßen schweigend.

»Gehen wir jetzt weg von hier?«, fragte ich, und Helena sprang begeistert auf. »Noch ein Versuch!«

Doch Vergissmeinnicht starrte nur vor sich hin, und Rafaela murmelte: »Was macht es für einen Unterschied für uns?«

Helena schaute sie empört an. »Für mich ist es ein Unterschied, ob ich hier vergessen gehe oder zu Hause bin! Und für meine Mutter auch.«

Für mich war es auch ein Unterschied, hier zu sein oder zu Hause. Schließlich konnten wir Rafaela und Vergissmeinnicht überzeugen, nach Einbruch der Dunkelheit zum Tor zu schleichen. Doch schon das innere Zauntor war verriegelt, und wir gingen mit hängenden Köpfen zurück zum Faulhaufen. Offenbar hatten die Unterirdischen uns noch nicht ganz vergessen. In dieser Nacht kam jedoch niemand, um den Eingang zur Schlafhöhle zu verschließen. Wir schlossen ihn selbst.

19.

Vergissmeinnicht erinnert sich

Am nächsten Morgen erwachte ich nicht mit dem schrecklichen Gedanken, hier zu sein, sondern weil Vergissmeinnicht mich an der Schulter rüttelte. »Ich habe deine Geburtstagsüberraschung nicht vergessen«, flüsterte er und gluckste dabei. Ich verstand nicht, aber er war ganz begeistert. »Ich habe sie nicht vergessen, deshalb wecke ich dich heute ganz früh. So, wie Irene es mit dir gemacht hätte. Die Tür ist ja offen.« Vergissmeinnicht bedeutete mir, ihm nach draußen zu folgen. Ich rappelte mich auf und zog meine Jacke über das Arbeitshemd. Es war noch düster, und wir mussten achtgeben, dass wir nicht neben die Holzplanken in den Sumpf traten. Nur im Osten schien ein heller Streifen am Horizont. »Wir müssen zum höchsten Punkt, dort sieht man am meisten Himmel«, sagte Vergissmeinnicht. Der höchste Punkt auf dem Gebiet der Kläranlage war der Hügel mit der Wasserpumpe. Und natürlich der Faulhaufen, aber dort hinauf wollten wir nicht.

Vergissmeinnicht holte zwei Flaschen und zwei

Äpfel aus dem Korbwagen, der seit gestern dastand. Er pumpte frisches Wasser, füllte die Flaschen und überreichte mir feierlich eine.

»Kennst du den Sonnenaufgang? Warst du je so früh draußen?«, fragte Vergissmeinnicht.

»Nein. Immer erst, nachdem es hell geworden ist. Wenn es dunkel ist, bin ich zu Hause.«

»Bis auf dieses eine Mal, als dich die Unterirdischen erwischt haben.«

»So ungefähr.«

»Und jetzt bist du zwölf Jahre alt. Schon fast erwachsen.«

»Ja, ich will zum Holzschlag.«

»Oh«, sagte Vergissmeinnicht, und dann schaute er eine Zeit lang in den Himmel, der schon ein bisschen heller war als vorhin.

»Dann kann ich mit Janis arbeiten«, sagte ich. »Nach dem ersten Frost fällen sie die Bäume. Zuerst trage ich nur Rinde und Äste zusammen, aber ich will später auch mit der Motorsäge arbeiten.«

»Holzschlag ist gefährlich.«

»Ja, aber ich lerne alles. Ich bin nicht so dumm und stehe dorthin, wo der Baum hinfällt.«

Als Vergissmeinnicht nichts sagte, sprach ich weiter: »Mein Vater war auch beim Holzschlag. Ihm ist mal ein Baum auf den Arm gefallen.«

»Und dann?«

»Keine Ahnung. Er konnte nicht mehr arbeiten. Und dann ist er weggegangen mit unserer Mutter, um den Arm außerhalb von Pankoland wiederherstellen zu lassen.«

»Vermisst du ihn?«

Ich schüttelte den Kopf. »Ich war erst zwei Jahre alt. Wenn er mich vermissen würde, hätte er schon einen Weg gefunden, uns nachzuholen.«

»Wollte er euch nachholen?«

»Ja, das haben Fredo und Irene erzählt. Aber ich glaube das nicht. Sein Arm war ihm wichtiger. Und unsere Mutter war ja auch bei ihm. Da haben sie uns vielleicht vergessen. Und … und Fredo hat gemeint, vielleicht hätten unsere Eltern schon einen … Ersatz für uns. Neue Kinder.«

»Nein«, sagte Vergissmeinnicht, »nein, ganz sicher nicht. Kinder kann man nicht ersetzen.«

»Das hat Irene auch gesagt.«

Eine Zeit lang waren wir still. Im Osten wurde der Himmel gelblich.

Vergissmeinnicht murmelte: »Wenn man mal draußen ist, ist es nicht so einfach, wieder ins Pankoland hineinzukommen.«

»Aber es gibt die Postkiste, die kommt immer am Dienstag. Frau Brenzi holt sie auf dem Wagen mit den anderen Dingen von draußen ab am Mauertor, Fredo und ich haben das oft beobachtet. Aber es war nie ein Brief von unseren Eltern dabei.«

Vergissmeinnicht schaute mich so fassungslos traurig an, dass ich ihn tröstete: »Wir haben ja Irene.«

Wir aßen die Äpfel. »Auf deinen Geburtstag, Clemens«, sagte Vergissmeinnicht, und dann: »Ich war auch einmal beim Holzschlag.«

Fast hätte ich mich verschluckt. Das waren Neuigkeiten! »Im Pankoland? Erinnerst du dich?«

»Ja«, sagte Vergissmeinnicht. »Jetzt erinnere ich mich, weil du davon gesprochen hast.«

»Wann war das?«

»Schon lange her.« Und bevor ich fragen konnte, ob er sich vielleicht auch an Janis erinnerte, zeigte er in Richtung Faulhaufen: »Schau mal, da kommen Rafaela und Helena. Gerade rechtzeitig zum Sonnenaufgang.«

Die beiden sahen noch etwas müde aus, als sie bei uns ankamen. Helena streckte sich ausgiebig und gähnte.

Rafaela fragte: »Was macht ihr denn hier so früh?«

»Geburtstag nachfeiern«, erklärte Vergissmeinnicht, und sofort wurde Helena hellwach. »Aber doch nicht ohne uns!«, rief sie, wühlte im Korbwagen und holte vier Pflaumen heraus. »Die sind ein bisschen matschig. Die Unterirdischen wissen leider nicht, dass man die weichen Sachen zuoberst in den Korb legen sollte.«

»Immerhin hat der Junge uns Essen gebracht«, sagte Rafaela. »Pflaumen habe ich schon lange nicht mehr gegessen.«

Auch im Pankoland gab es selten Pflaumen. Wir hatten nicht viele Obstbäume, abgesehen von zwei Mirabellenbäumen, einigen Apfel- und Birnbäumen und Herrn Pankos Pfirsichbaum. Wahrscheinlich stammten die wenigen Pflaumen, die ich in meinem Leben gegessen hatte, von Raubzügen in Grundland.

»Das sind gute Pflaumen«, sagte Vergissmeinnicht.

Ich wollte jetzt aber noch mehr wissen von Vergissmeinnichts Geschichte. »Kennst du Janis? War er auch schon beim Holzschlag, als du da warst?«

»Was?«, rief Helena, »du warst beim Holzschlag?«

Und Rafaela: »Du erinnerst dich?«

»Und dann?«, rief Helena.

Vergissmeinnicht sprach leise, und wir mussten zusammenrücken, um ihn zu verstehen.

»Ich war gerne beim Holzschlag. Das ist mir eingefallen, als Clemens davon erzählt hat. Ich erinnere mich an den Geruch von Harz und Rinde und Sägemehl. Den mochte ich. Und meine Arbeit in der Praxis mochte ich auch.« Wir guckten alle ungläubig.

»Praxis?«, fragte ich. »Irene hat auch eine Praxis, sie ist Zahnärztin.«

Vergissmeinnicht lächelte und wurde gleich wieder ernst. »Ich war Arzt. Der einzige in Esperanza. – Und dann hätte ich mal selbst einen Arzt gebraucht. Einen Chirurgen. Ich war beim Holzschlag, und dann …« Vergissmeinnicht sah mich an, als ob er gleich etwas Peinliches zugeben müsste. »… dann stand ich einmal am falschen Ort, und ein Baum ist auf mich gestürzt. Zum Glück nicht ganz auf mich drauf. Er hat nur meinen Arm erwischt.«

Etwas in mir erschrak fürchterlich, aber vielleicht war es auch nur das Sonnenlicht, das jäh auf uns schien.

»Man hätte den Arm operieren müssen«, fuhr Vergissmeinnicht fort und ließ mich nicht aus den Augen dabei. »Meine Frau konnte mir nicht helfen, sie war Heizungstechnikerin. Und sonst auch niemand. Ich war im ganzen Pankoland der Einzige, der komplizierte Operationen durchführen konnte. Zudem bin ich Rechtshänder, und mein rechter Arm war kaputt.«

Die Sonne blendete mich, und ich bedeckte meine Augen mit den Händen.

»Wir hatten keine Wahl. So glaubte ich jedenfalls. Ich musste den Arm außerhalb von Pankoland operieren lassen. Meine Frau wollte mich begleiten und bei dieser Gelegenheit wieder einmal etwas von der Welt sehen, wie sie meinte. Wir hatten die Ausreiseerlaubnis von Frau Brenzi und Herrn Panko. Es eilte, man kann eine Operation nicht ewig hinausschieben. Wir ließen unsere Kinder mit ihrer Tante zurück und machten uns auf den Weg. Zwei Kinder.«

Vergissmeinnicht nahm meine Hände von meinem Gesicht und kam ganz nahe. Ich machte mich los. Ich hatte das Gefühl zu ersticken. Ich schnappte nach Luft und rannte davon. Den Hügel hinunter bis zum inneren Zaun, wo ich vergeblich am Tor rüttelte, bis zum Steg in Richtung Faulhaufen und dann doch wieder zurück, wie ein gehetzter Rehbock. Sollte ich mich in den Sumpf stürzen? Als ich zum Hügel hinaufschaute, sah ich, wie die anderen drei mich beobachteten. Helena hob leicht die Hand, ein Winken. Ich blieb stehen. Es war, als ob sie ganz bei mir wäre, obwohl sie dort oben bei der Wasserpumpe stand. Aber wie sollte ich zu ihr und den anderen zurückkehren? Und hinaus konnte ich auch nicht. Ich sehnte mich nach Fredo und Irene. Sie wären die Einzigen, die mich in dieser Situation verstehen würden. Wir könnten uns beraten über die Wahrheit, die Vergissmeinnicht beinahe ausgesprochen hatte und vor der ich mich fürchtete. Ich fragte mich, was schwerer zu ertragen war: entzündete Blasen an den Händen oder das, was Vergissmeinnicht mir sagen wollte. Mein Kopf wurde immer leerer.

Die Sonne war nun da und wärmte die Kläranlage auf. Ich sah, wie Helena aufstand und in meine Richtung kam.

»Wie geht es dir?«, fragte sie, als sie bei mir war. Ich zuckte mit den Schultern. Sie zog die Augenbrauen zusammen und sagte: »Wenn Fredo das wüsste. Er hat immer gedacht, eure Eltern seien abgehauen und hätten euch vergessen.«

»Vergissmeinnicht *hat* ja alles vergessen.«

»Ja. Weil er wusste, dass er bei den Unterirdischen nur überleben konnte, wenn er sich an nichts mehr erinnerte.«

»Und Fredo?! Und ich?! Und Irene?!«

»Ja, Scheiße. Denn ihr habt eure Eltern ja nicht einfach vergessen. Fredo konnte nicht vergessen. Obwohl ganz Pankoland die Leute vergisst, die nicht mehr da sind. – Wir wollen auch nicht vergessen werden. Wir sind ja noch da.«

Jetzt konnte ich mich nicht mehr gegen das Weinen wehren, und Helena nahm mich in den Arm. »Er hat sich plötzlich wieder an alles erinnert, als er begriffen hat, wer du bist.«

»Und meine Mutter?«, schluchzte ich. Helena hielt mich einfach fest, und ihre Stimme zitterte ein wenig, als sie sprach.

»Das habe ich Vergissmeinnicht vorhin auch gefragt. Er hat erzählt, wie es war: Sie gingen zum Mauertor hinaus. Frau Brenzi verschloss es hinter ihnen. Da bekam deine Mutter Panik und hämmerte mit den Fäusten dagegen. Frau Brenzi musste sich ja noch in Hörweite befinden. Doch das Tor blieb zu. Deine Eltern hatten plötzlich schreckliche Angst, nie wieder zurückzukönnen und euch nicht wiederzusehen. Sie änderten ihre Pläne. Vergissmeinnichts Arm war nicht mehr wichtig. Sie wollten nur so schnell wie möglich wieder hinein ins Pankoland, zu euch. Ach, wenn Fredo das wüsste. Er hat so eine Wolle auf eure Eltern!«

»Wolle?«

»Wut. Eine kratzige, verdammte, dunkle Wut.«

Ich nickte. »Irene hat auch eine Wolle.«

Helena deutete zur Wasserpumpe hinauf, wo Rafaela und Vergissmeinnicht reglos saßen und in unsere Richtung schauten. »Ich weiß gar nicht, was ich jetzt von Vergissmeinnicht halten soll«, seufzte sie.

Dazu konnte ich auch nichts sagen. Mir graute vor dem Augenblick, in dem ich wieder mit ihm sprechen musste. Wie sollte ich ihn dann nennen? Papa? Niemals. Vergissmeinnicht. Den mochte ich ja. Als Mitgefangenen in der Kläranlage der Unterirdischen, und weil er mich vor einer Blutvergiftung bewahrt hatte. Und ich verstand seine Geschichte. Ich hatte nur noch nicht richtig begriffen, dass es auch meine Geschichte war.

»Aber ...«, sagte ich. »Sie sind ja gar nicht zurückgekommen nach Pankoland, Vergissmeinnicht und seine Frau.«

Helena zog mich sachte am Arm. »Komm, wir fragen ihn.«

20.

Die ganze Geschichte

Vergissmeinnicht erzählte. Er und seine Frau Amélie hatten gegen das Mauertor gepoltert. Amélie! So hieß sie also, unsere Mutter. Amélie, die Heizungstechnikerin. Irene den Namen nie erwähnt, aber sie sprach eigentlich höchstens von »meiner großen Schwester« oder »eurer Mutter«. Und Fredo hatte das Wort »Mama« seit Jahren vermieden. Ob Amélie ähnlich aussah wie Irene? Mit Stirnfransen, die sie immer wieder aus dem Gesicht blies, und haselnussbraunen Augen?

Vergissmeinnicht und Amélie polterten gegen das Tor, Vergissmeinnicht natürlich nur mit seinem gesunden Arm, und sie schrien, Frau Brenzi solle das Tor wieder öffnen, sie riefen sie bei ihrem Vornamen Esperanza. Doch irgendwann konnten sie nicht mehr schreien und sanken vor der Mauer zu Boden. Und dann begannen sie zu streiten. Dass Amélie die dumme Idee gehabt habe, mitzugehen. Dass Vergissmeinnicht es versäumt habe, jemandem aus dem Pankoland rechtzeitig das Chirurgen-

Handwerk beizubringen. Dass Amélie verrückt sei, ihm wegen einer kleinen Operation nach draußen zu folgen. Ob sie ihm nicht vertraue, dass er wieder zurückkehren würde? Dass es sich nicht um eine kleine Operation handle, schrie sie, dass sein Arm doch völlig verkrüppelt sei, dass sie ihm habe beistehen wollen! Und dass er noch viel verrückter sei, weil er immer noch glaube, da drinnen sei für die Kinder die bessere Welt als draußen. Ach so, schrie er zurück, sie habe also seinen Unfall dafür benutzt, alles, was sie im Pankoland aufgebaut hätten, einfach hinzuschmeißen?! Da wurde Amélie ganz still und nickte. Sie wollte, während er sich von der Operation erholte, eine Wohnung suchen und dann Irene eine Nachricht schicken, um sie und die Kinder nachzuholen. Einzig Irene wusste von diesen Plänen, aber ihn hatte sie nicht eingeweiht. Das schmerzte Vergissmeinnicht noch mehr als sein Arm, und er nannte Amélie eine Verräterin.

Als Vergissmeinnicht von diesem Streit erzählte, schaute er mich an und sagte: »Ich schäme mich.«

Ich wollte nicht, dass er sich schämte. Er sah ja sonst schon so erbärmlich aus, wie er dasaß und vielleicht nicht sicher war, ob ich ihn nach dieser Geschichte noch mögen würde.

»Erzähl weiter«, flüsterte Helena für mich. Vergissmeinnicht schüttelte sich, als wollte er sich gegen das Erinnern wehren. Rafaela schaute ihn ermutigend an, und er erzählte weiter.

Der Streit von Vergissmeinnicht und Amélie wurde immer wüster, dabei waren sie ja beide nur verzweifelt. Und dann sagte Amélie: »Ich hole die Kinder. Ich suche mir einen Eingang in dieses verdammte Pankoland. Ich hole Fredo und Clemens und Irene da raus. Jetzt.« Schon rannte sie südwärts der Mauer entlang davon. Vergissmeinnicht dachte, dass sie gleich wiederkommen würde und sie zusammen einen Plan fassen konnten. Es war ja Frau Brenzi gewesen, die sie ausgesperrt hatte. Eigentlich hätte sie ihre ganze geballte Wut verdient, sie hätten sie nicht gegeneinander richten sollen. Vergissmeinnicht wartete, und als Amélie nicht zurückkam, machte er sich auf den Weg, den sie gegangen war. Er ging südwärts den langen Weg der Mauer entlang, bis er zum Auenbach kam. Auf der anderen Seite ging die Mauer weiter und trennte auch Grundland von der Außenwelt. Sie stammte noch aus der Anfangszeit, als Pankoland und Grundland zusammengehört hatten, aber das war lange, bevor Vergissmeinnicht ins Pankoland gezogen war und Amélie kennengelernt hatte.

Vergissmeinnicht blickte um sich. Er erinnerte sich nicht mehr gut an seine Zeit vor Pankoland. Wenn er etwas Neues begann, beschäftigte er sich möglichst nicht mehr mit dem Vergangenen, so hatte er es immer gehalten. Woher war er gekommen, vor mehr als zehn Jahren als junger Arzt? Die Erinnerung war so blass wie die Hügelzüge in der Ferne. Wiesen und Waldflächen waren auszumachen, aber kein einziges Haus. Wie lebten wohl mittlerweile die Menschen hier draußen? Amélie und Vergissmeinnicht hatten mit einem Fußmarsch von etwa dreißig Kilometern gerechnet bis zur nächsten Stadt mit einer Klinik. Doch jetzt war Amélie weg, und er würde seinen Arm nicht operieren lassen. Nicht, bevor er sie gefunden hatte. Wichtig war, dass er so schnell wie möglich einen Eingang ins Pankoland fand und dass sie zu Hause alle zusammen besprechen konnten, wie es nun weitergehen sollte. Mit dem Arm, mit den Kindern, mit dem Leben im Pankoland. Vergissmeinnicht lief die Mauer ab und suchte einen Eingang, den Amélie genommen haben könnte. Dabei bekam er einen großen Hass auf Frau Brenzi. Wie sollte er ihr je wieder vertrauen? Er versuchte sich zu beherrschen. Vielleicht war das Ganze doch nur ein großes Missverständnis? Vergissmeinnicht und Amélie hatten Pankoland an einem Sonntag verlassen. Im schlimmsten Fall musste er bis Dienstag vor dem Mauertor warten, damit er mit der Warenlieferung von außen wieder hineingelangen konnte.

Vergissmeinnicht suchte und steckte seinen gesunden Arm zwischen die Zweige, um ein Loch in der Mauer zu finden, doch er stieß überall auf Geflecht. Mit seinem gebrochenen Arm würde er unmöglich hinüberklettern können, aber auch für Amélie war die Mauer kaum zu überwinden. Und auf der anderen Seite war ein breiter Gürtel von dichter Hecke und Dornengewächsen.

Die einzige Öffnung in der Mauer war das Bachbett. Das Pankoland-Ufer des Auenbachs war steil und felsig. Auf der Seite der Unterirdischen schien es etwas flacher zu sein. Vergissmeinnicht beschloss, den Bach zu überqueren. Etwas weiter oben flachte das Gelände ab, und der Wasserlauf war breiter und seichter. Vergissmeinnicht watete durchs hüfthohe Wasser und hielt seinen schmerzenden Arm über den Kopf. Auf der anderen Seite näherte er sich wieder der Mauer. Dort war die Uferböschung tatsächlich weniger steil, und er konnte im Bach watend und sich am Gestrüpp festhaltend um die Mauer herumgehen. Bestimmt war Amélie auf dieselbe Idee gekommen und bereits auf der anderen

Seite bei den Unterirdischen. Dann mussten sie nur warten, bis es dunkel wurde, und weiter unten unbemerkt über den Staudamm wieder ins Pankoland hineinschleichen. Vergissmeinnicht schaffte es auf die andere Seite der Mauer. Doch noch bevor es dunkel war, wurde er von den Unterirdischen entdeckt und verschleppt. Amélie hatte er nie wiedergesehen.

»Für mich war an diesem Tag die ganze Welt zusammengebrochen. Aber ich hatte mir vorgestellt, dass Amélie wieder bei euch wäre. Und dann habe ich aufgehört, mich zu erinnern, weil es so schmerzte.« Vergissmeinnicht schüttelte verzweifelt den Kopf, als wäre die Welt mit dem Erinnern ein zweites Mal zusammengebrochen.

»Jetzt erinnere ich mich wieder, weil du hier bist, Clemens. Eine Erinnerung nach der anderen ist auf mich zugerollt, ich konnte nichts dagegen tun. Ich will auch nichts dagegen tun, jetzt, wo du hier bist. Aber du sagst mir, dass du deine Mutter nicht kennst ...« Vergissmeinnicht sank in sich zusammen und sah elend aus. Rafaela legte ihre Hand auf seinen Arm.

Ich wollte einen stolzen Vater, nicht einen elenden. Ich dachte an Fredo, der ja auch Vergissmeinnicht als Vater hatte. Ich stellte mir vor, wie wir uns an den Händen fassten. Seine kräftige Fredohand in meiner. Wir rannten zusammen los, über die Wiese beim Auenbach. Meine Beine schmerzten, aber wir wurden nicht langsamer, halb flog ich und halb zog mich Fredo. Wir waren stark, wie zwei junge Rehböcke. Ich stand auf und fühlte mich groß, größer als Vergissmeinnicht. Ohne ein Wort zu sagen, ging ich zum Tor.

21.

Ben und Merit

Das erste Tor war jetzt offen. Dahinter entdeckte ich einen kleinen Rückentragekorb. Hatte doch noch jemand an uns gedacht? Im Korb waren einige Äpfel, aber auch ein Paar Hosen und ein Kapuzenhemd. Als ich das Hemd aufhob, stockte mein Puls für einen Moment. Da lag ein Kaugummi. Ich sah mich um, konnte aber niemanden entdecken. Schnell steckte ich den Kaugummi in meine Hosentasche. Ich versuchte, das zweite Tor zu öffnen, doch es war verschlossen. Gerade wollte ich wieder in Richtung Klärgrube gehen und den Kaugummi untersuchen, als jemand »Hey!« zischte. Im Unterstand für die frische Erde kauerten ein Junge und ein Mädchen, ungefähr in Fredos und Helenas Alter. Vermutlich hatten sie sich dort versteckt, als sie mich gesehen hatten, und in der Eile den Tragekorb stehen lassen. Ob sie beobachtet hatten, dass ich den Kaugummi eingesteckt hatte?

»Wo lang geht's zum Brendaland?«, fragte das Mädchen.

Ich zuckte mit den Schultern.

»Sag schon! Von irgendwoher kommst du ja auch«, sagte sie ungeduldig.

Ich zeigte auf das erste Tor und die Kläranlage dahinter. Das Mädchen kniff sich die Nase zu und verzog das Gesicht. »Ein Panker also. Hätte ich mir denken können. Gut für uns. Wenn du hier ein und aus gehst, wirst du auch wissen, wo es nach Brendaland geht. Sag schon.«

Ich sagte nichts. Was hätte ich diesen Unterirdischen sagen können? Dass ich schon von Brenda gehört hatte, es aber hier nur zum Faulhaufen oder zurück nach Grundland ging?

Der Junge starrte mich an, dann packte er mich am Arm, lief los und zerrte mich mit. Über die Schulter rief er dem Mädchen zu: »Der weiß nichts. Nimm die Sachen. Er kommt mit, dann verrät er uns nicht.«

Ich wehrte mich nur zum Schein ein wenig. Wem hätte ich die beiden verraten sollen, und wozu? Mir war es recht, von der Sache mit Vergissmeinnicht abgelenkt zu werden und eine Runde zwischen den zwei Zäunen zu drehen, die das Gelände der Kläranlage umfassten. Ich war mir sicher, dass wir nach einiger Zeit wieder hier zwischen den Toren ankommen würden. Dann würden sie mich zurück zur Kläranlage gehen lassen und selbst auch wieder verschwinden. Ohne ihren Kaugummi, der gut versteckt in meiner Hosentasche lag.

Die beiden hatten Ausdauer. Wir liefen schnell in einer riesigen Rechtskurve zwischen den zwei Zäunen. An manchen Stellen hatten die Weiden Wurzeln geschlagen und trugen Blätter oder waren durch zusätzliche Sträucher verstärkt. Dort, wo die Büsche auf beiden Seiten hoch und dicht standen, fühlte ich mich wie in einem grünen Tunnel. Die Rechtskurve war leicht abschüssig, und irgendwann ging es wieder aufwärts. Da wusste ich, dass wir über die Hälfte hinter uns hatten. Außer Atem kamen wir wieder zwischen den zwei Toren an, wo wir gestartet waren. Der Junge war sichtlich enttäuscht. »Was bedeutet Zweigstelle?«, fragte er. Das Mädchen schaute mich an: »Sag du.«

Ich überlegte. Zweigstelle?

»Warum?«, fragte ich.

»Steht auf dem Dings. Dem Papier«, erklärte das Mädchen. »Auf dem Einwickelpapier.«

Ich wusste genau, was sie meinte: Das Papier, mit dem der Kaugummi eingepackt war. War darauf eine Botschaft geschrieben? Von wem?

»Welches Einwickelpapier?«, fragte ich scheinheilig.

Der Junge begann im Tragkorb zu wühlen und wurde immer verzweifelter. Irgendwann schaute er mit bleichem Gesicht das Mädchen an und stammelte: »Er ist weg.«

»Oh nein«, stöhnte das Mädchen, setzte sich auf den Boden und vergrub den Kopf in den Armen. Ich wollte aufstehen und gehen, aber der Junge hielt mich zurück. »Du hast ihn. Du hast ihn aus dem Korb genommen.« Ich zögerte. Doch warum sollte ich das abstreiten? Ich war neugierig, was es mit dem Kaugummi auf sich hatte. Ob er etwas mit Fredo zu tun hatte. Langsam zog ich ihn aus der Tasche. Der Junge grabschte danach, aber ich stieß ihn weg und packte den Kaugummi aus. Er sah anders aus als Fredos Kaugummis. Gelblicher. Leider passte ich einen Moment lang nicht auf, und der Junge riss mir das Einwickelpapier aus der Hand. »Da steht was von Zweigstelle. Sag du uns, was gemeint ist. Du weißt es. Die anderen sind ja auch hier durchgegangen.«

»Wer?«, fragte ich unschuldig und dachte an den jungen Unterirdischen, der uns für drei Tage Essen gebracht hatte.

»Die anderen halt«, sagte das Mädchen. Mehr war offenbar nicht aus ihnen herauszukriegen. Ich versuchte es anders: »Ich kenne mich aus mit Kaugummis. Ich kann euch helfen.« Beide schauten mich mit großen Augen an. Ich nahm ein kleines Stückchen des Kaugummis in den Mund. Es schmeckte nach etwas wunderbar Süßem, das ich nicht kannte und mir doch vertraut vorkam. Warm-blumig-süß. Als ich das Stück zerkaute, blieb nicht wie bei Fredos Kaugummis ein zähes Stück Teig übrig, das sich irgendwann auflöste, sondern etwas Festeres, das an meinen Zähnen kleben blieb. »Das ist … Das ist …«, sagte ich und kam nicht weiter. Das Mädchen klaubte ein Stück des verbliebenen Kaugummis ab, und der Junge steckte sich den Rest in den Mund. Das Mädchen hatte die Augen geschlossen. Sie zog sich das Restklümpchen aus dem Mund, betrachtete es und sagte verschwörerisch zum Jungen: »Bienenwachs.«

Bienenwachs und Honig! Das war es. Ich versuchte, ruhig zu sprechen, weil mir plötzlich etwas klar wurde: »Nach einem Rezept von Brenda.« Jetzt hatte ich die beiden. Es war ein gutes Gefühl, dass sie mich ernst nahmen, obwohl ich jünger war als sie und ein Gefangener der Kläranlage. Ich bedeutete dem Jungen, mir das Papier zu zeigen. Die Schrift auf dem Papier war die gleiche wie die im Paket: Brendas Schrift.

Brendaland Einstieg hinter der Mistgrube. Bei der Zweigstelle zwischen den Zäunen öffnet der Hartriegel um 16.00. Frieden und Einheit.

Jetzt verstand ich, warum Brendas Rezept eine Drohung und die Kaugummis Verräterware waren: Weil ihr Einwickelpapier die Botschaft enthielt, Grundland und wohl auch Pankoland zu verlassen und nach Brendaland auszureisen. Und weil ihr Geschmack ein Versprechen war. War das die Rache von Brenda, weil sie sich von William verraten gefühlt hatte? Und vielleicht auch von Frau Frei?

»Wir müssen den Hartriegel suchen«, sagte ich. »Hartriegel kann ein Strauch sein oder ein verriegeltes Tor. Eher ein Strauch, denke ich. Und Zweigstelle ist vielleicht eine auffällige Stelle im Zaun.«

Die beiden griffen mich am Arm und zogen mich mit, doch ich wäre auch freiwillig mitgegangen.

Während wir entlang dem Zaun gingen und nach den lang geäderten Blättern und rötlichen Ästen des Hartriegels ausschauten, fragte ich: »Was wollt ihr in Brendaland?«

»Aha«, sagte das Mädchen. »Du kennst Brendaland also doch.«

»Nein«, sagte ich. »Aber ich weiß, dass ihr auch ein Problem mit einem Paket habt.«

»Was weißt du darüber?«

»Nichts ... Außer, dass es vor einiger Zeit zu euch gekommen und gleich wieder verschwunden ist. Vorher war es bei uns.«

»Bei den Pankern? Gab das auch Ärger?«

»Erst, als es verschwunden war«, sagte ich. Ich konnte ja schlecht sagen: »Erst, als es in mein Leben trat.«

»Aber die Kaugummis waren schon vor dem Paket da. Das hat Frau Frei nur nicht gemerkt«, sagte das Mädchen. Sie fasste mich und den Jungen an den Handgelenken, und wir blieben stehen. »Ich bin Merit«, sagte sie. »Und das ist Ben. Und du?«

»Clemens«, sagte ich und hatte plötzlich das Gefühl, dass wir keine ausgesprochenen Feinde mehr waren. Sie wollten der Sache mit dem Brendaland genauso auf den Grund gehen wie ich. Wir konnten austauschen, was wir wussten, aber ich musste dabei sehr vorsichtig sein. Ben schwieg. Er sah etwas verloren aus mit seinem Tragekorb auf dem Rücken, obwohl er einen Kopf größer war als ich. »Seid ihr Geschwister?«, fragte ich. Ben zuckte mit den Schultern und warf einen unsicheren Seitenblick zu Merit. Sie nickte. »Er ist ein Jahr älter als ich.«

Ich dachte an Fredo. Er stellte die Fragen manchmal so, dass er sich über einen Umweg an die Wahrheit heranschlich. »Ich habe auch einen Bruder, er ist fünfzehn«, erzählte ich. »Wir helfen uns aus beim Pflanzengießen, beim Kochen oder mit Kaugummis.«

Die beiden schauten sich erschrocken an, und jetzt platzte Ben doch mit der Sprache heraus: »Ihr habt auch Kaugummis? Wie lange schon?« Er war wohl neidisch.

»Schon lange«, sagte ich. »Wir haben unsere eigenen Kaugummis.«

»Nicht wie der von vorhin?«

Ich schüttelte den Kopf. Merit sagte: »Die Kaugummis von früher sind etwas anderes. Der von vorhin kam aus dem Brendaland.«

Ben ergänzte: »Und du kennst das Rezept.«

»Nicht wirklich«, sagte ich. Alles, was mit dem Paket zu tun hatte, wollte ich für mich behalten. »Welche Kaugummis von früher?«, fragte ich.

»Wir hatten auch welche. Manchmal«, murmelte Ben. Als er nichts weiter sagte, fragte ich: »Und wo sind eure Eltern? Habt ihr die zurückgelassen?« Ben und Merit sahen sich an und zuckten mit den Schultern.

»Und deine?«, fragte Ben zurück.

Ich zuckte auch mit den Schultern. Ich wollte ihnen nicht sagen, dass meine Mutter verschwunden war und mein Vater unter ihrem Faulhaufen hauste.

Wir gingen ein Stück weiter. Plötzlich sagte Ben: »Pankoland ist auch nicht besser als Grundland. Wir lassen uns gegenseitig die Drecksarbeit von Gefangenen wie dir erledigen. Dabei haben alle nur Angst, nach draußen zu gehen. Es gibt schließlich noch eine Welt draußen.«

»Brendaland! Frieden und Einheit«, rief Merit ausgelassen.

Brendaland ist wohl nicht das Einzige, was man draußen antreffen kann, dachte ich, die Welt kann ja nicht nur aus Pankoland, Grundland und diesem geheimnisvollen Brendaland bestehen. Stattdessen sagte ich: »Ich bin nicht aus Angst hiergeblieben, sondern weil die Tore an den Zäunen und die Tür des Faulhaufens nachts verschlossen wurden.«

»Aber jetzt sind wir hier«, sagte Merit, »auf dem Weg nach Brendaland!« Jetzt lächelte auch Ben. Ich fragte mich insgeheim, warum Vergissmeinnicht und Rafaela auch nach Jahren immer noch in der Kläranlage waren. Hätten sie nicht irgendeinen Ausweg finden können? Oder glaubten sie gar nicht mehr an eine Welt außerhalb von Grundland, das sie gefangen hielt, und von Pankoland, das sie vergessen hatte? Und Helena? Als ich an Helena dachte, vermisste ich sie plötzlich sehr. Sie kannte die Menschen, die ich liebte, und sie kannte die Geschichte meiner Eltern. Sie hatte vor mir geweint und ich vor ihr. Sie verstand mich bis in alle Tiefe, und ich verstand, dass Fredo sie liebte. Ich vermisste ihre Nähe und ihre warme Hand in meiner.

»Hier vielleicht?«, rief in diesem Moment Merit und lief nach vorne zu einer Biegung, wo links und rechts unseres Weges eindeutig Hartriegel wuchs. Die Äste leuchteten rötlich in der Nachmittagssonne. Weiter vorne am äußeren Zaun war noch einer. Wir setzten uns. Das war der Ort, der am ehesten auf die Beschreibung auf dem Einwickelpapier zutraf. Wieder dachte ich an Helena. Der Gedanke an sie breitete sich warm und aufregend und beängstigend in meinem Bauch aus. Ich dachte auch an Rafaela und Vergissmeinnicht, die vielleicht gerade ein paar Schubkarren Erde und Trockenmist transportierten. Vielleicht taten sie das aber auch nicht, weil es ja niemand kontrollierte. Ob sie auf mich warteten oder dachten, dass ich nach diesem Morgen etwas für mich allein sein wollte? Vermisste Helena mich auch so sehr, wie ich sie vermisste? Rafaela würde nicht zulassen, dass Vergissmeinnicht mich wieder vergaß. Ich war sicher, dass er mich nicht mehr vergessen konnte. Ich konnte ihn auch nicht mehr vergessen, und dass er mein Vater war, verwirrte mich immer wieder neu. Und die Unterirdischen? Würden sie sich erst an uns erinnern, wenn sie auf ihrem Mist in Grub sitzen blieben? Würde uns dann jemand zu essen bringen oder gerade nicht? Ich war mir nicht sicher, wie grausam die Unterirdischen waren. Vielleicht gab es welche unter ihnen, die bereit waren, uns zu befreien. Dann würden wir wahrscheinlich ins Pankoland zurückkehren. Aber dort sorgten Frau Brenzi und Herr Panko dafür, dass sich niemand an die Leute erinnerte, die weg waren. Ich musste darüber nachdenken. Merit und Ben waren entschlossen, das Brendaland zu suchen. Frieden und Einheit. Und ich? Seit das Paket in meinem Leben aufgetaucht war, bröckelte der ganze Frieden, den ich mit Pankoland verbunden hatte. Und dass die Einheit nur innerhalb von Pankoland existierte, wusste ich schon lange. Seit ich mich erinnern konnte, waren wir mit den Unterirdischen verfeindet. Aber in Grundland schienen ähnliche Dinge vorzugehen wie bei uns. Ich vermutete, dass Fredo, der ja irgendwie an das Paket aus Herrn Pankos Keller gekommen war, auch schon von Brendaland gehört hatte. Vielleicht gab es mittlerweile im Pankoland auch Bienenwachskaugummis mit Botschaften auf dem Papier. Sollte Fredo je einen solchen erhalten haben, war ich sicher, dass er sich auf die Suche machen würde.

»Ich komme mit euch«, sagte ich entschlossen und dachte dabei: Ich werde dich befreien, Helena. Und dich, Rafaela, und dich, Vergissmeinnicht. Ich stellte mir vor, wie Helenas Mutter ihre Tochter glücklich in die Arme schließen würde.

Ben zuckte mit den Schultern und schaute zum Himmel hinauf. »Bald ist sechzehn Uhr.«

Ich überlegte mir, ob der Rehbock durch die Öffnung gekommen war, die wir hier erwarteten. Allerdings wusste ich, dass Rehböcke ziemlich hoch springen konnten. Vielleicht war er gejagt worden, in der Panik über beide Zäune gesprungen und in den Sumpf geraten.

Es war ganz einfach. Um sechzehn Uhr raschelte es in der Nähe, und eine unscheinbare geflochtene Platte aus dem sehr dichten äußeren Zaun wurde von einer älteren Frau entfernt, die wir alle nicht kannten. Sie sprach nicht, und auch wir schwiegen. Vorsichtig gingen wir durch die schmale Lücke, die sie hinter uns wieder verschloss. Direkt hinter dem Zaun war ein Wall aus überwachsenen Steinen und Geröll, der Grundland von der Außenwelt abgrenzte. Dort gab es einen Durchgang, der so schmal war, dass wir uns seitwärts hindurchschieben mussten. Ben hielt seinen Korb über dem Kopf. Und dann waren wir draußen. Kein Wunder, dass die Unterirdischen diesen Ausgang nicht kannten, wenn er direkt an die Kläranlage grenzte. Aber das hatte sich offenbar mit den Kaugummis in den letzten Tagen geändert.

Vor uns lag eine Grasebene, die in der Ferne von einem Wald begrenzt war. Wir durchquerten sie. Am Waldrand wuchsen Himbeeren und Brombeeren, die zum Teil an langen Pfosten aufgebunden waren. An den Baumstämmen waren Kästen befestigt, bei denen Bienen ein- und ausflogen. In Pankoland hatten wir keine Bienenhäuser, aber ich hatte davon gelesen. Wir gingen hinter der Frau her durch den Nadelwald, der sich weiter unten etwas auflockerte. Hier wuchsen vor allem Buchen und vereinzelte Eichen, und am Boden gab es Flecken mit Sauerklee und hohem Gras. Und oben in den Bäumen waren die Behausungen: Holzhäuser, die in die Äste des jeweiligen Baums eingepasst waren. Sie waren durch steile Treppen zu erreichen. Wir betraten ein riesiges Holzhaus, das drei Bäume miteinander verband. Die Frau führte uns in einen

Raum, dessen Boden mit Binsenteppichen belegt war. Sie bedeutete uns, auf der langen Bank entlang der Wand zu warten. Die Wand war warm und auch mit Binsengeflecht ausgekleidet. Ob sie hier Solarstromheizungen hatten? Merit, Ben und ich sprachen nicht. Ich wusste nicht, was in ihnen vorging, und ich fühlte mich ziemlich verloren. Der Faulhaufen und Vergissmeinnicht lagen plötzlich wie ein Traum hinter mir, aber ich hatte das Gefühl, noch nicht aufgewacht zu sein. Auch Helena war weit weg. Ich dachte an Irene und was sie zu diesem Haus sagen würde. Bestimmt würde sie sich darüber wundern, dass die Menschen im Brendaland den Platz unter den Häusern nicht ausnutzten. Vielleicht würde sie einen Witz über Baummarder machen. Oder über Eichhörnchen, die von ihren Bäumen herunterkamen, sich gierig Vorräte ansammelten und sich nachher nicht erinnerten, wo sie sie vergraben hatten. Ich stellte mir Irenes Augen vor, wenn sie lachte. Wie sie leuchteten. Und wie sie mich und Fredo auch zum Lachen brachte. In solchen Momenten gab es nur uns drei auf der Welt, und nichts konnte uns passieren.

Am anderen Ende des Raums öffnete sich eine Schiebetür. Eine große, kräftige Frau betrat den Raum. Sie musterte uns kurz und sagte dann zu mir:

»Aha. Der Kleine aus dem Brenzihaus. Ich musste dich ja gar nicht holen, du bist von allein gekommen.« Ich erschrak fürchterlich. Ihre Stimme war unverkennbar die der Kellerfrau. Sie lächelte und stellte sich vor: »Brenda.«

Meine Gedanken rasten, und ich nahm mir vor zu schweigen, solange ich nicht mehr über sie wusste. Merit schien sich zu wundern, dass Brenda mich kannte, und schaute mich sprachlos an. Aber dann wandte sie sich wie ihr Bruder Brenda zu und sagte ihren Namen. Die beiden waren offenbar bereit, hier ein neues Leben zu beginnen, auch wenn ich noch nicht verstand, warum.

22.

Brendaland

Brenda erklärte uns Brendaland. Sie waren etwa zweihundert Leute mittlerweile, ein Viertel davon war in den vergangenen zwei Wochen gekommen, vor allem junge Menschen. Aus Grundland und aus Pankoland. Brenda wunderte sich, dass die beiden Länder so verkracht waren und dass wir erst jetzt von Brendaland erfahren hatten, das ja direkt an beide Länder angrenzte. »Man hat uns totgeschwiegen, aber wir waren immer da«, sagte Brenda triumphierend. Sie schien zufrieden zu sein über den Zwist. Das fand ich seltsam.

Brendaland, Pankoland und Grundland waren ursprünglich ein einziges Land gewesen, und Brenda hatte zum Gründungsteam gehört. Sie, ihre Schwester, ihr Freund und eine weitere Freundin wollten hier eine gerechte Gesellschaft aufbauen. Es war nicht so schwer, Leute zu finden für dieses Abenteuer. Es kamen Handwerkerinnen und Ärzte, Bauern und Ingenieurinnen, die ihr Wissen einbrachten. Ganze Familien. Doch dann gingen die Meinungen auseinander: Wie sollte gewohnt werden, damit möglichst wenig Energie verschwendet wurde? Welche Lebensmittel sollten angebaut werden? Wie viele Güter durften von außerhalb eingeführt werden, und wer kontrollierte das? Das war eine wichtige Frage, wer das kontrollieren sollte. Brenda ärgerte sich jetzt noch darüber, dass die anderen nicht einsahen, dass es am Anfang eines solchen Vorhabens härtere Regeln und Vorgaben brauchte. Sie, Brenda, hätte sie durchsetzen können. Wenn es nach ihr gegangen wäre, hätte ausnahmslos alles geteilt werden und der Gemeinschaft dienen sollen. Denn sobald jemand seine eigenen Interessen verfolgte, war er bereit, andere zu übergehen und Geschäfte zu seinem oder ihrem Vorteil zu machen. Und wohin das führte, kannten ja alle schon aus dem Leben, aus dem sie hergekommen waren.

Brenda schaute uns an, als wollte sie unsere Zustimmung. Aber wie sollten wir uns vorstellen, wie das Leben gewesen war, bevor Brenda und die anderen dieses Land gegründet hatten? Das Wenige, das wir darüber wussten, hatten wir in Büchern gelesen. Ich hatte aber nie viel darüber nachgedacht.

Brenda erzählte weiter. Die anderen, auch ihr Freund, waren dagegen gewesen, so viele Einschränkungen zu machen. Sie hatten sich darüber furchtbar verkracht. Brenda seufzte und sagte: »Ich habe meinem Freund eine Chance gegeben. Für unsere Idee und unsere Liebe. Doch er hat sie nicht angenommen. Er hat mich verraten. Wir hatten alles zusammen geplant, jahrelang. Unsere Idee ist aus unserer Liebe entstanden. Wir waren uns einig. Dann kamen meine Schwester und eine gemeinsame Freundin hinzu. Meine Schwester konnte gut mit Menschen umgehen, sie sah immer das Gute in ihnen und brachte sie dazu, das Beste aus sich herauszuholen. Doch ich hatte mich in ihr getäuscht. Auch sie hat mich verraten. Zusammen mit meinem Freund. Könnt ihr euch das vorstellen? Sie haben zusammen einen Teil unseres großen, schönen Landes besetzt. Plötzlich waren Mauern und Zäune da. Unsere andere Freundin, die ganz andere Vorstellungen von Bau und Landwirtschaft hatte und bereits ohne Absprache mit der Gründung eines unterirdischen Dorfes begonnen hatte, übernahm einen anderen Teil des Landes. Mir blieben der Wald und die Wiesen hier. Aber jetzt ist meine Zeit gekommen. Unsere Zeit. Mittlerweile gelten in euren Ländern die Regeln, die ich damals vorgeschlagen hatte. Zu spät wurden die eingeführt. Jetzt braucht es nur ein paar Kaugummis, und schon bricht das Chaos aus.« Brenda lachte trocken. »Jetzt und mit eurer Hilfe, mit der jungen Generation, kommt die Zeit des Friedens und der Einheit. Wir werden es zusammen schaffen, alle drei Länder zu vereinen und die ursprüngliche Idee zu verwirklichen.«

Ben und Merit nickten eifrig. Ich musste nachdenken. Der Brief im Paket wurde mir immer klarer. Herr Panko war der Freund von Brenda gewesen, hatte sich von ihr getrennt und zusammen mit Brendas Schwester Pankoland gegründet, während Frau Frei, die andere Freundin, hinter dem Rücken der anderen bereits Erdhäuser ausgebuddelt hatte. Brenda … und Esperanza. Waren die zwei also Schwestern? Die Schwestern Brenzi? Kein Wunder, dass Frau Brenzi im Keller so überrumpelt gewesen war! Sie hatte ihre Schwester erkannt. Und vielleicht war es auch Brenda gewesen, die am nächsten Tag in unsere Wohnung eindringen wollte, und Janis hatte mich davor bewahrt.

Brenda schaute mich erwartungsvoll an und fragte: »Na Kleiner, bist du froh, hier zu sein?«

Ich nickte, um Zeit zu gewinnen. Aber ich traute ihr nicht, nach allem, was sie uns erzählt und was im Brief gestanden hatte. Ich wurde das Gefühl nicht los, dass Brenda die Chefin über alle drei Länder sein wollte, und sonst würde alles beim Alten bleiben. Auch die Diebstähle, auch die Kläranlagen.

Wie sollten sich die Leute wirklich einigen? Auch bei Herrn Panko hatte ich ein schlechtes Gefühl, mir war immer mulmig, wenn ich ihm über den Weg lief. Und nach allem, was Vergissmeinnicht über Frau Brenzi berichtet hatte, konnte ich auch ihr nicht mehr trauen. Und Frau Frei? Die Unterirdischen hatten bestimmt auch ihre Gründe, ihr Land zu verlassen. Offenbar brauchte es auch dort nur ein berüchtigtes verschwundenes Paket und ein paar Kaugummis, um alles durcheinanderzubringen. Pankoland und Grundland waren einander ähnlicher, als wir geahnt hatten. Und Brendaland? Mich beschlich das Gefühl, dass es hier genauso war. Brenda wollte nur ihr Land vergrößern und über Herrn Panko und ihre Schwester triumphieren. Über William und Esperanza.

In meinem Bauch braute sich etwas Dunkles, Schweres zusammen. Ich beschloss, nur noch das Nötigste zu sagen und die Augen offen zu halten, obwohl ich sehr, sehr müde war. Ich dachte an Vergissmeinnicht und hatte plötzlich den Wunsch, ihm alles zu erzählen, was ich an diesem Tag gesehen und erlebt hatte. Ich wollte ihn befreien, damit sein Geständnis nicht das Letzte war, worüber wir zusammen gesprochen hatten. Doch zurück konnte ich nicht, solange mich Brenda im Blick hatte.

Später wurden wir zusammen mit vielen anderen Neuen in einem Baumhaus untergebracht. Jede Person hatte eine Schlafmatte aus Binsen und eine Wolldecke. Offenbar gab es in Brendaland auch Schafe. Wir aßen einen Kartoffeleintopf mit Karotten. Ich schaute mich um und entdeckte Hermine aus dem Pankoland. Sie schaute durch mich hindurch, als ob sie mich nicht erkennen würde. Ich sprach mit niemandem.

Am nächsten Morgen wurden wir zur Arbeit eingeteilt. Im Brendaland arbeiteten die Zwölf- bis Achtzehnjährigen drei Tage die Woche, und an zwei Tagen besuchten sie die Schule. Merit und Ben gingen zum Kartoffelwaschen und ich zum Binsenschneiden.

Ein älterer Mann führte mich und drei andere Jungen, die ungefähr in meinem Alter waren, zu einem Teich auf der anderen Seite des Waldes, wo sich die Landschaft wieder öffnete. Weit hinten sah ich Kartoffelfelder, aber ich konnte nirgends eine Kläranlage ausmachen. Wir bestiegen einen Kahn, und der Mann steuerte uns mithilfe eines langen Stocks durch das seichte Wasser zwischen Binsen und Schilf. Er zeigte uns, wie wir mit einer Sichel die Binsen schneiden und dann zu Bündeln schnüren konnten. Wir arbeiteten mit Lederhandschuhen, damit wir uns nicht schnitten an den Gräsern und Schilfblättern. Ich dachte an Vergissmeinnicht und wie er meine verletzten Hände verarztet hatte. Als unser Boot so voll mit Binsen war, dass wir kaum mehr Platz darauf fanden und es tief im Wasser lag, fuhren wir ans Ufer und schleppten die Bündel auf einer Art Schlitten zum sonnigen Waldrand, wo wir sie zum Trocknen auf Gerüste banden. Ich hatte keine Ahnung, was ich tun sollte, um Rafaela, Vergissmeinnicht und Helena den Weg aus der Kläranlage zu zeigen und wieder nach Hause zu gelangen. Aber ich hielt die Augen offen, um nichts zu verpassen.

In der Nähe von uns machte sich jemand in Schutzkleidung an einem Bienenhaus zu schaffen. Zwischendurch starrte er immer wieder zu uns. Hatte er nichts anderes zu tun? Jedes Mal, wenn ich meinen Blick hob, sah ich, dass er herüberschaute. Ich fühlte mich beobachtet und war froh, dass wir bald aufbrachen. Als wir auf den Waldweg zurück zu den Baumhäusern gelangten, meinte ich plötzlich eine Melodie zu hören. Zuerst dachte ich, sie sei nur in meinem Kopf. Ich hatte oft Melodien im Kopf, wenn ich auf einem Weg trottete, und dieser Weg war lang. Doch dann hörte ich es deutlicher, es kam von hinten: *Ka-Ka-Kack, jeden Tag*

Kartoffelbrei. Meine Knie wurden weich. Das war das letzte Lied gewesen, das Fredo und ich vereinbart hatten. Auf einen Schlag wurde ich so traurig, dass ich kaum noch gehen konnte. Ich blieb vornübergebeugt stehen und stützte meine Hände auf den Oberschenkeln ab, während die anderen weitergingen. Wer außer Fredo kannte dieses Lied? Ich schaute mich um. Niemand. Doch da hörte ich die Melodie wieder, leise gepfiffen. Ich stellte mir vor, wie es wäre, wenn Fredo hier wäre, direkt vor mir. Ich pfiff die Melodie auch, es konnte mir ja nichts Schlimmeres passieren als das, was ich bereits erlebt hatte. Da tauchte hinter einem Baumstamm ein paar Meter entfernt ein Mensch auf – der Mensch von vorhin am Waldrand. Er zog sich die Schutzhaube vom Kopf und trat näher. Ich erkannte ihn sofort, ich erkannte ihn so deutlich, dass ich ihn nicht anschauen konnte. Ich zitterte und vergrub mein Gesicht in den Händen, bis ich spürte, wie er mich an den Handgelenken fasste und meine Arme auseinanderzog. Wir starrten uns an. Die anderen waren nicht mehr zu sehen. Wir starrten uns an, bis wir unsinnig zu lachen begannen. Wir konnten gar nicht mehr aufhören damit. Unsere Augen tränten. Und dann umarmten wir uns.

23.

Bienen kennen keine Grenzen

»Ich habe mir gedacht, dass du irgendwann hier ankommst«, sagte Fredo.

»Wo ist Irene?«

»Zu Hause. Sie ist geblieben, weil es ja auch hätte sein können, dass du wieder nach Hause kommst.«

»Ihr habt mich nicht vergessen?«

»Nein. Nie.«

»Und jetzt?«

»Ich weiß nicht. Wir schicken Irene eine Biene. Oder wir bringen sie gleich selbst.«

»Eine Biene?«

»Kaugummipost.« Fredo grinste. »Brenda hat den Tumult um das Paket und die Kaugummis angezettelt. Vor ein paar Wochen hat sie Lenz erwischt. Er dachte zuerst, sie sei eine Unterirdische, aber sie stellte sich als Brenda vom Brendaland vor. Sie sagte, sie lasse ihn nur gehen, wenn er ein Paket aus Herrn Pankos Keller hole, einige Zeit im Pankoland verstecke und dann zur Grenze am Auenbach bringe, wo es abgeholt werde. Lenz hat das Paket irgendwie herausgebracht aus Pankos Keller und mir zum Verstecken gegeben. Den Rest kennst du ja.«

»Und die Bienen?«

»Die sind aufgetaucht, kurz bevor du verschwunden bist. Plötzlich waren Kaugummis mit Botschaften von Brenda im Umlauf. Immer irgendwas mit Frieden und Einheit und einem Hinweis, wie man nach Brendaland kommt.«

»Wer will schon nach Brendaland?«, fragte ich.

»Pankoland ist richtig schlimm mittlerweile. Jede Nacht Tumult, die Leute gehen aufeinander los. Alle können froh sein, wenn noch jemand die Schafe melkt und die Kartoffeln ausgräbt. Frau Brenzi spinnt auch. Sie heizt, egal ob die Sonne scheint oder nicht …«

»Sag ich doch«, unterbrach ich ihn. »Sie heizt.«

Fredo fuhr fort: »Sie spricht nicht mehr viel, außer man vergisst, die Pflanzkiste zu gießen. Wenn sie einen erwischt, uhh …«

Ich wusste schon, was dann passierte. »Und die Bienen?«, fragte ich wieder.

»Die Bienen sind uns zugeflogen. Auf dem Schulweg, in den Pflanzkisten, im Depot. Auch von Unterirdischen. Wer gefangen wurde und Bienen bei sich hatte, wurde gleich wieder freigelassen. Gegenseitig, und natürlich erst, nachdem alle die Botschaften auf den Einwickelpapieren gelesen hatten. Also war es gut, immer Bienen dabeizuhaben. Habe ich früher auch immer gemacht mit Kaugummis, aber die Bienendinger bedeuten viel mehr. Wer Bienen hat, versteckt sie oder gibt sie weiter. Alle haben die Schnauze voll von Pankoland. Die Kaugummis sind ein Zeichen für das, was die Länder heimlich verbindet. Alle wollen nach Brendaland.«

»Aber …«, murmelte ich. »Aber es ist hier ähnlich.«

Fredo nickte.

Ich sagte: »Herr Panko hat die Kaugummis verboten, weil er Angst hatte vor Brendas Kaugummirezept. Weil die Leute dann Sachen nur zum Genuss essen und damit Geschäfte machen.«

»Hä?«

»Weil Brenda ihm das Bienenwachskaugummirezept aufgeschrieben hat. In Spiegelschrift. Ein sehr gefährliches Rezept.«

Fredo verstand nicht, wovon ich sprach. Da erklärte ich ihm, dass ich das Paket geöffnet hatte. Er sah mich verblüfft an. »Aber das war gefährlich!«

»Es war noch gefährlicher, mit dem Paket zur Grenze zu gehen.«

Fredo schaute zu Boden. »Es tut mir leid. Es musste sein. Der Plan war, dass das Paket von einem eingeweihten Unterirdischen abgeholt und direkt nach Grub gebracht wurde. Grub heißt das Dorf der Unterirdischen.«

»Ich weiß.«

»Und dann haben dich die Unterirdischen erwischt. Du bist verraten worden, wahrscheinlich hat jemand bei den Unterirdischen nicht dichtgehalten.«

»Du bist das Risiko eingegangen, dass ich gefangen wurde.«

»Es tut mir leid«, sagte Fredo leise.

»Warum hast du das Paket nicht selbst zur Grenze gebracht?«

»Du bist jünger. Kinder behandeln sie netter als Erwachsene.«

»Du bist auch noch nicht ganz erwachsen. Du bist noch nicht mal per Du mit Frau Brenzi und Herrn Panko!«

Nach einer Pause sagte er: »Ich wollte dich wieder befreien.«

Fredo hatte keine Ahnung, wie es bei den Unterirdischen war. Wie hätte er mich befreien sollen, wenn das Vergissmeinnicht in zehn Jahren nicht gelungen war?

»Den Unterirdischen hat es nichts genützt, dass sie mich erwischt haben. In Grundland ist das Paket auch wieder verschwunden, kurz nachdem es angekommen war. Aus der Nebenhöhle von Frau Frei«, sagte ich und dachte dabei an Helena und wie diese Vorstellung sie belustigt hatte.

Fredo nickte. »Überall die gleiche Geschichte.«

Wir setzten uns auf den Waldboden. Wann sollte ich Fredo von Helena und Vergissmeinnicht erzählen? Fredo holte einen kleinen Glasbehälter mit einer goldenen klebrigen Flüssigkeit hervor, ähnlich wie unser Birnensirup. Er tunkte seinen Finger hinein und leckte ihn ab. »Versuch auch«, sagte er. Noch bevor ich die zähe, klebrige Masse auf der Zunge hatte, wusste ich, dass es Honig war. Er schmeckte köstlich, sogar besser als Pfirsich. Wir aßen das ganze Glas schweigend leer. Fredo lächelte. Er schien sich zu freuen, dass es mir schmeckte.

Jetzt war ich dran mit einer Überraschung. »Ich habe Helena gesehen.«

Fredo zuckte zusammen und flüsterte: »Das habe ich gehofft. Wie geht es ihr?«

»Gut. Na ja, so einigermaßen. Sie will nie vergessen werden. Ich habe ihr gesagt, dass du sie nicht vergessen hast. Und dass ihre Mutter sie auch nicht vergessen hat.« Es war schön, von Helena zu sprechen. Und es war schön, mehr von ihr zu wissen als Fredo.

Fredo nickte zornig. »Wo ist sie?«

»Im Faulhaufen.«

»Und wie bist du da rausgekommen?«

Ich erzählte Fredo, wo Helena und die anderen Gefangenen untergebracht waren, was unsere Arbeit war und dass ich mit zwei Unterirdischen ins Brendaland gekommen war. Und dann erzählte ich von Vergissmeinnicht, der schon seit zehn Jahren da war und alles vergessen hatte, weil die Erinnerung zu sehr schmerzte. Und wie Rafaela versuchte, die Dinge in Erinnerung zu behalten, damit wir nicht einfach unter dem Faulhaufen in Vergessenheit gerieten. Ich erzählte auch, dass Vergissmeinnicht sich dann doch erinnert hatte und schloss meinen Bericht mit: »Vergissmeinnicht ist unser Vater.«

Fredo wurde bleich und wollte etwas sagen, aber seine Lippen zitterten. Ich gab ihm einen Schluck Wasser aus meiner Flasche und erzählte ihm alles, was ich wusste. Auch über Amélie. Als ich fertig war, saßen wir eine Weile stumm da. Ich zerbröselte trockene Buchenblätter zwischen meinen Fingern. Fredo saß immer noch sprachlos da. Es war gut, dass wir nun beide Bescheid wussten, doch plötzlich stieg in mir eine riesige Wut gegen ihn auf. Hatte er überhaupt eine Ahnung davon, was ich durchgemacht hatte? Alles über unsere Eltern und Helena musste ich alleine herausfinden, als ob er mich die Drecksarbeit für ihn machen lassen würde, weil er selbst Angst davor hatte! Und jetzt saß er da auf dem Waldboden und tat einfach nichts. Ich stürzte mich auf ihn und brüllte: »Ich wäre fast gestorben wegen dir! Dir war das egal!« Ich schlug auf ihn ein und riss ihn an den Haaren. Er wehrte mich anfangs nur erstaunt ab, aber irgendwann gelang es ihm, aufzustehen und mich zu Boden zu drücken. Fast war ich froh, seine Kraft zu spüren. Atemlos setzten wir uns wieder hin und schwiegen. Wir sahen uns an. Fredos Augen wirkten dunkler als vorhin, kein Wassergrün mehr, eher ein tiefes Felsgrün.

»Und jetzt?«, fragte er.

»Ich will zu Irene«, sagte ich. »Und dann will ich Helena und Rafaela und Vergissmeinnicht da herausholen.«

Fredo schüttelte den Kopf. »Du sollst dich nicht nochmals in Gefahr bringen. Ich werde das für uns tun. Wenn du einverstanden bist.«

Ich war plötzlich zu müde, um zu widersprechen. Fredo erklärte mir, wie ich mit ihm noch heute nach Pankoland zurückkehren konnte. Er hatte sich bereits mehrmals zum Bienentransport einteilen lassen, weil er sich mit der Grenze auskannte und wusste, wo er im Pankoland die Bienenwachskaugummis am geschicktesten verteilen konnte, damit sie gefunden wurden. Noch nie hatte er sich von Frau Brenzi und Herrn Panko erwischen lassen. Die beiden glaubten, er sei verschwunden, und taten alles, damit er vergessen ging wie ich, sein jüngerer Bruder. Nur Irene traf Fredo manchmal heimlich hinter dem Brennnesselfeld, meist kurz nach der Abenddämmerung, wenn er es bis dann dorthin geschafft hatte. So konnten sie sich darüber austauschen, ob sie etwas von mir gehört hatten. Beim Gedanken, dass ich heute dabei sein würde, wurde mir ganz warm.

Wir gingen getrennt zu unseren Unterkünften zurück. Wir vereinbarten, uns gleich nach dem Abendessen wieder hier zu treffen. Fredo würde zwei Schachteln mit Bienenwachskaugummis mitbringen. Ich hatte nichts zu tragen. Alles, was ich besaß, trug ich auf meinem Körper: Meine Jacke, die Wasserflasche und die Arbeitskleidung aus Grundland.

24.

Amélies Geheimnis

Als Fredo nach dem Abendessen zwischen den Bäumen auftauchte, wurde ich beinahe überschwemmt von meinem Glück. Fredo war hier, und später würde ich Irene wiedersehen.

Fredo ging immer ein Stück auf den Waldwegen, und ich huschte von Gebüsch zu Gebüsch, wenn ich sicher war, dass sich außer uns niemand in der Nähe befand. Er durfte gesehen werden, ich wollte mich jedoch im Hintergrund halten. Brenda sollte nicht merken, dass ich ihr Land bereits wieder verließ. Mich schauderte beim Gedanken, dass sie mich erwischen könnte, und ich war erleichtert, als Fredo mich endlich zu sich winkte und sagte: »Da oben beginnt das Pankoland.« Vor uns erhob sich ein steiler, felsiger Abhang. Vereinzelte krumme Tannen und Büsche wuchsen zwischen den Felsbändern, die unseren Füßen und Händen beim Aufstieg Halt gaben. Darüber stand der Wald wieder dichter. Wir waren auf der Hochebene des Pankolandes angekommen. Ich war erstaunt: Der Wald sah hier genau gleich aus wie vorhin. Außer dem Steilhang war nichts auszumachen, was die Grenze angezeigt hätte.

»Da kann man ja einfach hinüberspazieren«, bemerkte ich.

Fredo nickte und lächelte. »Nur kommen kaum Menschen bis hierher. Warum sollten sie auch? Im Wald gibt's nur Holz zu holen, und davon haben wir genug auf beiden Seiten. Und vom Brendaland her ist der Aufstieg ziemlich mühsam. Ich glaube, auch im Brendaland kennen die wenigsten diesen Übergang.«

Wir gingen lange durch den Wald. An manchen Stämmen gab es gelbe Markierungen. An ihnen orientierten wir uns. Jetzt konnten wir ungestört nebeneinander hergehen. Bei jedem Schritt begleiteten mich die schönsten drei Worte, die es in diesem Moment für mich gab: Fredo. Pankoland. Irene. Fredo. Pankoland. Irene. Als wir den Waldrand erreichten und über die offene Landschaft blickten, sah ich weit hinten ein Gebäude: den Faulturm. Jetzt wusste ich, wo das Dorf Esperanza lag. Am liebsten wäre ich losgerannt, über die Wiese, die bereits im Abendschatten lag, in einem großen Bogen am Faulturm vorbei, zu den Brennnesselfeldern und durch die weiten Kartoffeläcker bis hinein nach Esperanza, an unseren Pflanzkisten vorbei ins Brenzihaus, nach

Hause zu Irene. Wenn sie wüsste, dass ich hier war, dass wir uns noch heute sehen würden!

Fredo unterbrach meine Gedanken: »Runter. Solange es noch hell ist, bleiben wir hier.«

Wir duckten uns wie Rehkitze ins hohe Gras. Wir hatten Zeit zu sprechen. Ich fragte: »Woher hast du denn die Kaugummis gehabt? Nicht die mit Bienenwachs, die anderen.«

»Selbst gemacht«, antwortete Fredo.

»Was? Wie?«, fragte ich.

»Runter«, sagte Fredo. »Du musst nicht gleich aufspringen. Mehl, Birnensirup.«

»Du hast Mehl und Birnensirup genommen? Im Depot? Für Kaugummis?«

Fredo rollte mit den Augen. »Ja … habe ich.«

Deshalb arbeitete Fredo also im Depot! Damit niemand merkte, dass er Mehl und Birnensirup für Kaugummis abzweigte, obwohl das streng verboten war und Kaugummis ohnehin in Vergessenheit geraten mussten.

»Wie bist du denn auf die Idee gekommen, Kaugummis zu machen?«

Fredo riss einen Grashalm aus und schälte die Blätter ab. Dann sprach er so leise, dass ich näher zu ihm rücken musste, um ihn zu verstehen. Er hatte eine Erinnerung an Kaugummis. Eine frühe Erinnerung. Unsere Mutter gab ihm einen Kaugummi. Süß und aufregend war er im Mund, er schmeckte nach Pfefferminze, solange er darauf herumkaute. Amélie sagte zu Fredo, dass er schon so ein großer Junge sei, dass er dieses Geheimnis bewahren könne. Fredo musste damals knapp fünf Jahre alt gewesen sein. Von da an steckte ihm Amélie jeden Abend vor dem Zubettgehen einen Kaugummi zu und zwinkerte dabei verschwörerisch mit den Augen. Fredo zeigte mir, wie sie zwinkerte, und ich stellte mir dabei Irene vor.

»Welche Farbe hatten ihre Augen?«, fragte ich. Vergissmeinnicht hatte blaugraue Augen, Fredo grüne und ich hellbraune.

»Solche wie du«, sagte Fredo, und diese Antwort machte mich glücklich und traurig zugleich. Ich hätte es Fredo gegönnt, die gleiche Augenfarbe wie unsere Mutter zu haben, er vermisste sie ja mehr als ich. Ich lenkte das Gespräch wieder auf die Kaugummis. »Wie macht man Kaugummis aus Mehl und Birnensirup?«

»Ich habe probiert, bis ich ein gutes Rezept hatte. Bis sie schmeckten wie die Kaugummis von Ma… Amélie. Mehl in einem Tuch durchspülen, bis die Flüssigkeit klar ist. Kneten. Dann wieder spülen und kneten. Das machst du so lange, bis die Masse zäh ist.

Du knetest etwas Birnensirup hinein und fein geschnittene Pfefferminzblättchen. Dann machst du kleine Portionen aus dem Teig und lässt sie trocknen.«

»Wo?«

»Hinter dem Lagergemüse. Dort kommt nicht jeden Tag jemand vorbei.«

»Und du wurdest nie erwischt?«

Fredo schüttelte den Kopf und grinste. »Aber Herr Panko bekam mit, dass es irgendwo Kaugummis gab. Weil ich einige verschenkt hatte an Helena und Lenz. Als ich merkte, dass er sofort das Kaugummiverbot wiederholte, ohne das Wort Kaugummi zu benützen, schworen Helena und Lenz und ich, die Sache geheim zu halten. Ich machte trotzdem weiter.«

»Ich weiß. Sie waren gut.«

»Als ich den ersten Bienenwachskaugummi entdeckte …«

»Wann?«

»Am Tag, bevor du verschwunden bist«, sagte Fredo. »Die ganze Nacht war Unruhe gewesen auf der Straße. Und als ich nach Hause kam, lag vor unserer Tür ein Kaugummi. Eine echte Biene aus dem Brendaland. Aber es waren schon vorher Bienen im Umlauf gewesen. Wesa erzählte mir, dass ihm Antonio erzählt habe, dass Hermine ein Kaugummi aus Brendaland von den Unterirdischen geklaut worden sei.«

»Bevor ich gefangen wurde?«

»Ja. Heimlich sprachen plötzlich alle vom Brendaland, auch die Unterirdischen. Wir fingen einander nur noch, um an Informationen zu kommen. Alle haben genug. Sollen wir in dieser kleinen Ecke der Welt etwa alt werden, nur weil unsere Eltern eine Idee hatten, die schiefgegangen ist und uns alle zu Gefangenen von uns selbst macht?«

Ich erschrak über das, was Fredo sagte, aber nach allem, was ich in den letzten Wochen gesehen hatte, musste ich ihm recht geben.

Fredo öffnete eine Schachtel mit Kaugummis, wickelte einen aus und aß ihn, als ob nichts wäre. Dann las er mir vor, was auf dem Einwickelpapier stand: »*Brendaland: Frieden und Einheit. 17 Uhr bei der äußersten Stechpalme Nordost auf dem gelben Pfad.* – Das ist ungefähr dort, wo wir über die Grenze gegangen sind.«

»Und die Leute aus dem Pankoland gehen tatsächlich dorthin? So wie die Unterirdischen?«

»Jeden Tag«, bestätigte Fredo.

»Und was stand auf dem Papier deiner ersten Biene?«

»Fast dasselbe. Nur dass der Treffpunkt beim Faulturm Nord war. Am Anfang hatte Brenda die Leute persönlich dort abgeholt.«

Mich schauderte. Vielleicht war Brenda bei uns und in anderen Häusern im Keller gewesen und hatte auf dem Rückweg Leute mitgenommen, die in ihr Land auswandern wollten. Fredo zögerte ein wenig, dann sagte er: »Ich dachte, der Kaugummi sei von ... von ihr.«

»Brenda?«

»Von Amélie. Aber dann merkte ich, dass er anders schmeckte. Ich nahm ihn als Zeichen, auf das ich gewartet hatte. Dass du das Paket bringen sollst.«

»Das hat Brenda bestimmt so geplant.«

Fredo nickte. »Sie muss geahnt haben, dass das Paket bei uns war.« Er packte einen weiteren Kaugummi aus. Ich nahm mir auch einen. Und dann noch einen. Auf allen Papieren stand dasselbe. Ohne uns abzusprechen, aßen wir die ganze Schachtel leer. Und dann öffneten wir die zweite. Zwischendurch spuckten wir die Wachsklümpchen aus, die im Mund zurückblieben. Irgendwann seufzte Fredo: »Ich wüsste ja gern, was da drin ist. Bienenwachs und Pfefferminze. Aber kein Mehl, glaube ich. Und kein Birnensirup, das ist was anderes.«

»Puderzucker«, sagte ich. Fredo vergaß einen Moment lang zu kauen. »Was?«

»Puderzucker«, wiederholte ich. »Das gab es früher immer an den Geburtstagen. Alles wurde mit Puderzucker eingeschneit, und man musste den ganzen Zucker auflecken, bevor man zur Schule ging.«

»Wer hat denn so was erzählt?«

»Irene. Und sie hat es von … ähm, Amélie.«

Fredo schüttelte den Kopf. Das hörte sich für ihn wohl zu verrückt an.

»Und Irene?«, fragte ich, »als sie gemerkt hat, dass ich gefangen worden war?«

»Sie ist durchgedreht. Drei Tage lang sprach sie mit niemandem. Du kannst dir mein schlechtes Gewissen vorstellen. Aber dann haben wir angefangen, Pläne zu schmieden, und ich bin ins Brendaland gegangen.«

Mittlerweile war die Sonne untergegangen. Der Faulturm zeichnete sich dunkel vor dem Himmel ab. Mir wurde kalt. Ich setzte mich auf, um mir die Arme etwas warmzurubbeln.

»Und jetzt?«, fragte ich.

25.

Wiedersehen mit Irene

Jetzt war es so dunkel, dass man uns aus der Ferne nicht mehr sehen konnte. Wir hüpften auf der Stelle, bis uns wieder warm wurde. Dann aßen wir die restlichen Kaugummis und verstreuten die Einwickelpapiere unter Gelächter im hohen Gras. Fredo rief ausgelassen: »Es gibt nicht nur gut oder schlecht! Das wäre viel zu langweilig, und die Menschen können sich gar nicht daran halten! Oder?« Zuletzt schmiss er die leeren Schachteln im hohen Bogen weg, und wir rannten los, über die Wiese, in einer weiten Kurve um unsere Kläranlage herum in Richtung Brennnesselfeld.

Ich war etwas langsamer als Fredo, aber er hatte ja auch längere Beine. Er fasste mich an der Hand und zog mich mit, ich hatte das Gefühl, halb zu fliegen und halb zu stolpern. Immer noch war alles wie ein Traum, wie ein schöner Traum. Einmal hielten wir kurz an, und er fragte: »Was ist mit deinen Händen?«

»Schwielen und Narben«, sagte ich. »Vom Arbeiten. Und dann hat Vergissmeinnicht sie geheilt.«

Fredo strich sachte über die verhärtete Haut. Das erfüllte mich mit Stolz, auch wenn ich nicht genau sagen konnte, worauf. Nachdem wir etwas verschnauft hatten, rannten wir weiter. Es schien mir, als würden wir ungebremst ins Brennnesselfeld hineinpreschen, und erst kurz vor den ersten Stauden hielten wir an. Vor uns in der Dunkelheit stand eine Person, die ich vorher nicht gesehen hatte. Diesmal war es nicht der Schmerz wie während meiner Zeit im Faulhaufen, der mir durch den Körper schoss, sondern das Glück. Irene! Ich fiel ihr um den Hals, und sie strich mir über den Kopf und drückte mich an sich und murmelte meinen Namen, und Fredo drückte sich dazu, und ich war froh, dass es dunkel war, sonst hätten sie gesehen, dass ich weinte. Aber Irene weinte auch, und Fredo auch, das merkte ich an ihrem Schniefen und den zittrigen Stimmen, als wir sprachen. Wir sprachen lange. Wir erzählten uns alles. Alles, außer die Geschichte mit dem Paket. Das tat nun nichts mehr zur Sache. Irene berichtete, dass im Pankoland alles drunter und drüber ging. Herr Panko und Frau Brenzi wurden immer argwöhnischer, und es gab Leute, die sich schlimm verkrachten, weil sie sich entweder auf Frau Brenzis oder Herrn Pankos Seite schlugen, dabei waren die beiden gar nicht offen verfeindet. Die Unruhen zeigten sich nur nachts, wenn die Menschen auf die Straße gingen und sich beschimpften. Tagsüber rissen sich alle zusammen und sorgten dafür, dass die Schafe gemolken, das Holz verarbeitet, die Ernte eingefahren, die Menschen verarztet und die Kinder unterrichtet wurden. Manche Leute hatten begonnen, Gemüse direkt untereinander zu tauschen, statt es ins Depot zu bringen. Im Moment hatten es jene Leute am besten, die noch Himbeeren besaßen. Plötzlich wollten alle Himbeeren, weiß der Kuckuck warum, sie waren so begehrt, dass sie sich gegen viel Lagergemüse und Käse eintauschen ließen. Dafür hatten die Diebstähle durch die Unterirdischen abgenommen.

»Die Unterirdischen haben auch Unruhen«, sagte ich, und Fredo ergänzte: »Und im Brendaland wird es auch nicht lange dauern, bis es so weit ist.«

»Und jetzt?«, fragte Irene.

Wir setzten uns hin.

Es war nicht einfach, zu entscheiden, was wir jetzt tun sollten. Ich durfte nicht gesehen werden, auch hier nicht. Ich kannte nun den Weg nach Brendaland, und auch den von Brendaland nach Grundland. Und ich wusste, und wo wir Helena, Vergissmeinnicht und Rafaela finden konnten. Fredo war ebenso ein Verschwundener und Vergessener. Aber er konnte heimlich über die Grenze gehen und Brenda glauben machen, dass er sich für ihre Auffassung von Frieden und Einheit einsetzte. Irene melkte morgens die Schafe, arbeitete in der Praxis und verhielt sich so unauffällig, dass niemand auf die Idee kam, dass sie abends hinter die Brennnesseln schlich. Wir beschlossen, dass Fredo vorerst zurück ins Brendaland gehen und weiterhin Bienenwachskaugummis im Pankoland verteilen würde. Irene sollte ihren Alltag wie bisher fortsetzen. Und ich? Ich konnte nirgendwo hin. Ich konnte morgen nicht einfach in der Schule auftauchen und Herrn Franz Guten Tag sagen, wie ich es früher getan hatte. Ich dachte an Olli und Lenz und Wesa. Und an Katrina.

»Kann ich mit dir nach Hause kommen?«, fragte ich Irene. Ich merkte, dass meine Stimme kläglich klang, aber ich konnte nicht anders. Irene legte ihren Arm um mich und sagte: »Klar.«

Ich wurde plötzlich so müde, dass ich mir wünschte, dass ich auf der Stelle einschlafen, sie mich nach Hause tragen und ich danach endlich, endlich aus meinem Traum erwachen würde.

Der Abschied von Fredo war schwer, aber wir wussten, dass wir uns aufeinander verlassen konnten und uns bald wiedersehen würden. Trotzdem wurde mir bange, als er in der Dunkelheit verschwand.

Irene und ich beobachteten das Brenzihaus eine Weile. Dann schlichen wir uns näher und drückten gegen die Kellerfenster, bis eines nachgab. Wir landeten im Trocknungsraum, wo Kräuter, Pilze und die letzten Herbsttomaten ausgelegt waren. Im Raum neben uns war der Heizungskeller. Der Ofen pumpte, und wir hörten, wie jemand mit Getöse eine Klappe schloss. Ich flüsterte: »Wer legt denn um diese Zeit noch Holz nach?«

Irene bedeutete mir, still zu sein und flüsterte tonlos: »Brenzi.« Dazu machte sie eine Handbewegung, die bedeutete: hoffnungslos verrückt. Wir drückten uns in die dunkelste Ecke und warteten. Wenn Frau Brenzi hier unten war, hätten wir das Haus auch oben durch die Tür betreten können.

»Wusstest du, dass sie eine Falltür hat, direkt von ihrer Wohnung in den Keller?«, wisperte ich.

Irene nickte und zuckte mit den Schultern. »Mit einer ausfahrbaren Leiter.« Als wir hörten, dass Frau Brenzi die Klappe von oben mit einem Knall schloss, schlichen wir uns hinauf in unsere Wohnung.

Alles kam mir vor, als wäre ich nie weg gewesen, und doch würde es nie wieder dasselbe sein wie früher. Irene machte mir einen Hagebuttentee. Wir brauchten nicht mehr zu sprechen, wir hatten alles gesagt. Helena, Rafaela, Vergissmeinnicht, Amélie: Wir wussten, dass wir uns bald auf die Suche nach ihnen machen mussten. Aber was sollten wir tun, wenn wir wieder alle beisammen waren? Ich trank den warmen Tee aus, und dann sank ich in mein Bett mit dem Gefühl, tausend Jahre lang schlafen zu müssen.

Als ich erwachte, hatte ich keine Ahnung, wo ich war. Mein Kopf war dumpf, und meine Glieder waren schwer. Ich fühlte mein Kissen unter und meine Decke über mir. Ich war am richtigen Ort. Darüber schlief ich gleich wieder ein.

Als ich wieder erwachte, hörte ich Irene flüstern. Und ich hörte ein leises Kichern. Bevor ich richtig wusste, was los war, setzte ich mich auf. Katrina! Sofort ließ ich mich wieder auf den Rücken fallen und deckte mich bis über das Gesicht zu. Ich war zu Hause bei Irene. Aber war das tatsächlich Katrina gewesen? Ich lauschte. Wieder hörte ich das Kichern. Eindeutig Katrina. Dann zupfte jemand an meiner Decke. Obwohl ich mich daran festklammerte, schaffte es Katrina, sie von mir wegzuziehen. Als wir uns anschauten, lachte sie immer noch, aber ich sah ihr an, dass sie Angst um mich gehabt hatte. Ich hatte auch Angst gehabt, sie nie wiederzusehen.

»Hallo«, sagte ich.

»Hallo«, sagte Katrina.

Irene und Katrina setzten sich auf mein Bett, und wir tranken Pfefferminztee. Irene hatte sich krankgemeldet bei Frau Brenzi. Das war gut, denn so konnte sie zu Hause bleiben, und Katrina hatte einen Grund, uns zu besuchen. Sie hatte Käsekrapfen mitgebracht, mit einem Gruß von Janis. »Und noch etwas«, sagte Katrina. »Weil du Geburtstag hattest.«

Sie ging hinaus und kehrte sofort zurück mit einem Stuhl, auf den sie sich triumphierend setzte. Ich schaute sie an, wie sie dasaß. Wie die Königin von Pankoland. Nur war dieser Stuhl nicht mit Planeten verziert, sondern mit geschnitzten Blättern und Blumen und Bienen. »Willst du probesitzen?«, fragte Katrina und machte den Platz frei. Ich konnte es kaum glauben. War das mein Stuhl? Von Janis, für mich?

»Papa hat am Tag, nachdem du verschwunden bist, gleich damit angefangen und jeden Abend weitergeschnitzt, bis jetzt«, sagte Katrina. »Und ich durfte immer wählen, welche Blume oder Biene er noch machen soll. Schau mal diese hier, die hat extragroße

Flügel und ein Mundwerkzeug wie eine Wespe, damit sie sich wehren und weit fliegen kann. Das war meine Idee.«

Ich setzte mich auf den Stuhl und fühlte mich wie ein König, der König von keinem Land, der König einer großen weiten Welt. Katrina lachte, und Irene lachte, und ich lachte auch, denn etwas anderes fiel uns nicht ein. Wir lachten leise, damit uns die Nachbarn nicht hörten, aber wir lachten lange. Ich winkte, als ob ich in einer königlichen Kutsche sitzen würde, und Irene machte einen Knicks, als sie mir den Teebecher reichte. Katrina konnte sich vor Lachen fast nicht verbeugen, ohne hinzufallen. Dann aßen wir die Käsekrapfen, und ich zog mich ordentlich an. Zwischen meinen Kleidern in der Schublade fand ich mehrere Kaugummis, Fredo-Kaugummis, die ich mit Katrina und Irene teilte. Danach musste Katrina zur Schule gehen, sie hatte nur eine Stunde freibekommen für den Nachbarschaftsdienst. Als sie weg war, wurde mir bewusst, dass ich nie mehr zur Schule gehen konnte, solange Pankoland, Brendaland und Grundland so zerstritten waren und Frau Brenzi und Herr Panko alle mit Vergessen bestraften, die das Pankoland verlassen hatten. Das Glück von vorhin war mit Katrina verschwunden, und in meinem Magen breitete sich ein dumpfes Gefühl aus. Ich schlüpfte nochmals ins Bett und versuchte nur auf die Geräusche zu lauschen, die ich so liebte.

26.

Frau Brenzis Pläne

Auch wenn ich nicht hinausgehen konnte, war es wundervoll, zu Hause zu sein. Irene war in ihrem Zimmer, und einmal hörte ich sie mit einer Tasse in der Küche klappern. Irgendwann klopfte jemand an die Wohnungstür.

Sofort sprang ich auf, strich meine Decke glatt, damit sie so unberührt wie die von Fredo aussah, und rollte mich unter das Bett. Irene streckte den Kopf ins Zimmer und flüsterte: »Bleib da unten. Und mach dir keine Sorgen.« Dann öffnete sie die Wohnungstür. Ich hörte die Stimme von Frau Brenzi, die sich freundlich nach Irenes Befinden erkundigte. Irene hüstelte. Frau Brenzi bestand darauf, hereinzukommen und Irene einen Thymiantee zu kochen. Durch die halb offene Tür hörte ich, was sie sprachen.

»Ist dir warm genug?«, fragte Frau Brenzi. »Wenn man erkältet ist, sollte man auf keinen Fall frieren.«

»Ja, sehr warm. Sehr gut. Du heizt ja wirklich sehr großzügig«, sagte Irene mit brüchiger Stimme und hüstelte schon wieder. Ich musste mir das Lachen verkneifen.

»Wir haben sehr viel Brennmaterial im Moment«, erklärte Frau Brenzi, aber als Irene nachfragte, warum denn, bekam sie keine Antwort, und Irene zog es vor, am Tee zu schlürfen.

Frau Brenzi fragte: »War Katrina hier?«

»Ja. Ich habe mit ihr einen Tee getrunken. Und gestern Abend habe ich meinen Becher nicht mehr abgewaschen, deshalb steht der jetzt noch rum.«

»Katrina ist ein nettes Kind«, sagte Frau Brenzi. »Und du, Irene? Jetzt, wo du alleine wohnst, könntest du die Praxis hier in der Wohnung einrichten, was meinst du?«

Frau Brenzis Schritte näherten sich, und kurz darauf sah ich ihre Wollpantoffeln neben meinem Bett. Ich versuchte, flach zu atmen. Frau Brenzi setzte sich auf mein Bett und Irene auf meinen Stuhl von Janis. Das war gut, so fiel er weniger auf.

Irene fragte: »Meine Praxis? Hier? Ist das nicht zu hoch oben?«

Frau Brenzi lachte trocken. »Die Leute, die ihre Zähne flicken wollen, können ja in der Regel gut laufen. Sogar ich schaffe es problemlos bis hier herauf, trotz meines Fußes.«

»Ich überlege es mir«, sagte Irene, und Frau Brenzis Stimme wurde ein bisschen schärfer: »Es wird kühler. Wir können keine leeren Räume heizen.«

»Aber es gibt im Moment viele leere Räume, wenn so viele Leute das Pankoland verlassen«, bemerkte Irene. Dass sie das zu sagen wagte! Frau Brenzi räusperte sich, und jetzt wurde ihr Ton richtig schneidend: »Viele Leute verlassen das Pankoland? Nicht, dass ich wüsste.«

Kein Wort über Fredo und mich. Als ob es uns nie gegeben hätte. Kein Wunder, dass außer Irene nie jemand von unseren Eltern gesprochen hatte! Ich hatte plötzlich Angst, dass ich in meinem eigenen Zuhause so schnell verschwinden könnte wie im Faulhaufen der Unterirdischen.

»Wir können den Umzug in den nächsten Tagen machen, wenn du wieder ganz gesund bist. Ich helfe dir«, sagte Frau Brenzi wieder vollkommen freundlich. »Die Betten stellen wir ins Möbeldepot, jemand wird sie brauchen können.«

Dann stand sie auf, wünschte Irene noch zweimal eine gute Besserung und verließ unsere Wohnung.

Ich blieb einfach liegen. Unsere Betten ins Möbeldepot? Wo sollten Fredo und ich dann schlafen?

Irene kam ins Zimmer. Sie sagte nichts, bis ich unter dem Bett hervorkroch. Jetzt wirkte sie wirklich krank, sie war bleich und schlang die Arme um sich, als ob sie sich selbst festhalten müsste. Fast tonlos sagte sie: »Wir können nicht hierbleiben. Wenn es hier keinen Platz mehr gibt für euch, will ich auch nicht bleiben.«

»Aber wohin ...?«, fragte ich.

Sie zuckte mit den Schultern. Dann schaute sie mich fest an. »Hinter der Mauer ist nicht Brendaland, nicht wahr?«

»Ich glaube nicht«, sagte ich. Wir hatten zwar Weltkarten in der Schule, und ich wusste, wie die Länder auf dem Papier aussahen. Aber wir alle wussten nicht genau, wo auf der Welt sich Pankoland befand. Oder Grundland, oder Brendaland. Ich versuchte, meine Vorstellung von Brendaland mit dem zusammenzusetzen, was Vergissmeinnicht erzählt hatte. Danach grenzte Brendaland nur zwischen dem großen, abschüssigen Wald und dem untersten Stück Auenbach an Pankoland. Und was hatte Vergissmeinnicht von der anderen Seite des Mauertors berichtet? Da musste ein anderes Land liegen. Eine weite Ebene mit Hügeln in der Ferne, und irgendwann eine Stadt. Amélie musste nach links der Mauer entlanggelaufen sein nach ihrem Streit, aber dann hatte sie nicht den oberen Auenbach überquert, wie Vergissmeinnicht angenommen hatte, sondern war ...

»Es gibt eine Straße!«, sagte ich. »Es muss eine Straße geben, damit der Wagen für Frau Brenzi jeden Dienstag ans Mauertor fahren kann. Der mit der Postkiste.«

Irene nickte. »Bestimmt wollte Amélie nicht zu den Unterirdischen und das Risiko eingehen, gefangen zu werden. Sie lief in die andere Richtung und erreichte weiter weg wieder die Straße. Bestimmt wollte sie mit dem nächsten Wagen ins Pankoland zurückgelangen.«

»Aber sie hat es nicht geschafft.«

»Nein«, sagte Irene matt.

An unserer Wohnungstür klopfte es leise. Sofort verschwand ich wieder unter dem Bett. Konnte uns Frau Brenzi nicht in Ruhe lassen?

Draußen stand aber nicht Frau Brenzi, sondern Janis. Am liebsten wäre ich aufgesprungen, um ihn zu begrüßen, aber das wäre zu riskant gewesen. Er setzte sich zu Irene in die Küche und sprach leise. Wenig später kam Irene mit ihm ins Zimmer, und ich konnte mich endlich zeigen. Janis tätschelte mir die Wange und sagte: »Schön, dass du wieder da bist.«

Ich setzte mich auf den Stuhl und bedankte mich.

Janis seufzte. »Ja, der Stuhl. Den muss ich leider

wieder mitnehmen, bis sich die Lage hier beruhigt hat. Frau Brenzi ist vorhin bei mir in der Werkstatt aufgetaucht und hat sich nach einem Stuhl erkundigt, den ich offenbar für dich gemacht hätte. Dabei seist du weg, verschwunden. Für Verschwundene könnten wir im Pankoland nichts machen, das sei Materialverschwendung, das wüsste ich doch. Ich tat, als ob ich keine Ahnung hätte, wovon sie sprach. Aber sie besteht darauf, dass ich den Stuhl ins Möbeldepot bringe.«

Dieser Gedanke machte mich sprachlos.

»Woher wusste sie vom Stuhl?«, fragte Irene.

»Sie hat ihn hier gesehen«, antwortete Janis. »Aber dass er neu ist und dass es deiner ist, Clemens, muss sie von jemandem erfahren haben.«

Vielleicht von Katrina? Aber sie würde ihren Vater niemals verraten! Ich murmelte: »Ich will nicht, dass sie mich sieht.«

Janis nickte und zog den Pullover aus. »Sie heizt wieder.«

»Das geht so nicht weiter«, sagte Irene. »Ich habe die Schnauze voll. Von allem.«

»Ich habe auch die Schnauze voll«, sagte Janis. »Aber nicht von allem.«

Irene erzählte ihm, dass Frau Brenzi unser Zimmer in eine Zahnarztpraxis umwandeln wollte. Janis schüttelte ungläubig den Kopf, und sie sprachen leise darüber, ob es besser war zu bleiben oder zu gehen. Hatten sie vergessen, dass ich zuhörte? Ich erschrak über den Gedanken, dass ich zwar hier war, sie mich aber vergessen haben könnten und es mich deshalb gar nicht gab. Ich sprang auf und kochte Tee. Als ich ihn auf den Tisch stellte, kamen sie auch in die Küche und bedankten sich bei mir. Wir schauten uns in die Augen. Sie sahen mich. Ich war da.

Janis verabschiedete sich und nahm den Stuhl mit. Das Glück, mein Geburtstagsglück, war schon wieder vorbei. Irene und ich blieben einfach in der Küche sitzen, und ich sah ihr an, dass sich in ihrem Kopf die Frage drehte, was wir jetzt tun sollten.

Sobald die Schule aus war, kam Katrina zu uns. Sie war außer sich vor Wut. Sie berichtete unter Fluchen und mit Schimpfwörtern, von denen ich gar nicht wusste, dass es sie gab – hatte sie die etwa von Janis gelernt? –, dass Olli ein Verräter war. Und dass sie selbst dumm sei, so dumm … Und dann weinte sie. Irene legte ihr den Arm um die Schultern und fragte sie, was los sei. Ich legte ihr auch den Arm um die Schultern. Ich hatte Katrina noch nie so aufgelöst gesehen. Sie schluchzte, sie habe Olli vom Stuhl erzählt. Sie habe nicht verraten, dass ich hier war, aber dass Janis ihn gemacht habe, um sich an mich zu erinnern, das sei doch wohl erlaubt. Olli, der elende Feigling, sei aber in der ersten Pause schnurstracks zu Frau Brenzi gerannt und habe ihr alles verraten. Triumphierend sei er zurückgekommen und habe sich damit gebrüstet, dass ihm Frau Brenzi etwas geschenkt habe für seine Ehrlichkeit. Herr Franz hatte ihn sogar vor der Klasse gelobt, weil er offenbar einen wichtigen Beitrag zum Frieden im Pankoland geleistet habe. Katrina schniefte. »Könnt ihr euch das vorstellen? Das hätte ich nicht von Olli gedacht. Ich weiß schon, dass er ein elender Wurm ist. Aber dass er so petzt! Und dass er sich dann auch noch belohnen lässt von Frau Brenzi.«

»Die ist ja eigentlich gegen Lohn«, warf Irene ein, aber ich erinnerte mich daran, dass auch Herr Franz eine Belohnung aus der Papeterie versprochen hatte für Hinweise auf das Paket.

Ich fragte: »Und was hat Frau Brenzi ihm geschenkt?«

Katrina flüsterte: »Ich weiß es nicht.«

In diesem Moment klopfte es schon wieder an die Tür, und ich hörte, wie Janis leise »Hallo!«, rief. Irene öffnete, und ich sah in Janis' Gesicht. Seine

Augenbrauen sahen aus, als wären sie zusammengewachsen, und seine Augen waren dunkel vor Wut. Und er war nicht allein. Kleinlaut stand Olli neben ihm. Als er mich sah, wurden seine Augen riesig. Bevor er etwas sagen konnte, stieß Janis ihn in unsere Küche herein, und wir setzten uns wieder an den Tisch.

27.

Das Heizmaterial

Olli starrte trotzig auf die Tischplatte. Katrinas wütender Blick wechselte von ihm zu Janis und wieder zurück. Irene sagte: »Hallo Olli, willst du einen Tee?« Das machte Katrina noch wütender, aber ich war sicher, dass Irene das Richtige tat. Immerhin saß Olli bei uns in der Küche, da konnten wir ihm wenigstens einen Tee anbieten. Die Wahrheit würde er trotzdem sagen müssen. Und wir mussten alles daransetzen, dass ich meinen Stuhl wiederbekam. Der Gedanke, dass er im Depot landen würde, war unerträglich.

»Raus mit der Sprache«, knurrte Janis.

Olli schwieg.

Irene versuchte es anders: »Katrina hat uns erzählt, dass du Frau Brenzi vom Stuhl berichtet hast.«

Olli fragte mit einem Seitenblick zu mir: »Was macht er hier?«

Ich war sprachlos über seine Frechheit. Fragte er sich wirklich, was ich in meinem Zuhause machte? Ich hätte ihn am liebsten von der Sitzbank geschubst und ihn getreten. Auch Katrina sah aus, als würde sie ihm gleich eine runterhauen. Doch Irene antwortete klar und geduldig: »Clemens ist hier zu Hause.«

Konnte Irene zaubern? Kaum hatte sie das gesagt, sank Olli in sich zusammen. Wahrscheinlich hätte er sich auch gewünscht, jemanden wie Irene zu haben, die sich weigerte, ihn zu vergessen, selbst wenn er eine Zeit lang verschwunden gewesen war wie ich. Eine Irene, zu der man immer zurückkehren konnte. Ich wusste, dass Olli das nicht hatte, er lebte in einer Großfamilie mit Pflegeeltern, die dick befreundet waren mit Frau Brenzi und Herrn Panko und bereitwillig über alle schwiegen, die das Pankoland verlassen hatten.

Jetzt blieben wir alle stumm und ließen Irene den Vortritt. Sie fragte sanft: »Warum hast du Frau Brenzi vom Stuhl erzählt?«

Olli deutete mit dem Kinn auf Katrina. »Sie gibt immer an.«

»Das ist kein Grund, sie zu verraten.«

»Der Stuhl hat irgendwie mit dem Paket zu tun.«

Ich zuckte zusammen, aber Irene sagte: »Quatsch.« Woher nahm Olli diese Idee? Entweder war er doch nicht so dumm, wie ich dachte, oder er hatte einen untrüglichen Instinkt, den er sich selbst nicht erklären konnte. Doch ich sagte nichts, nicht jetzt. Irgendwann würde ich Irene alles über das Paket erzählen. Zusammen mit Fredo.

»Und dann hat Frau Brenzi dir eine Belohnung gegeben«, stellte Irene fest. Olli hob den Blick. Triumphierend schaute er in die Runde und tastete in seiner Hosentasche nach etwas.

»Also was?«, fragte Irene, während wir den Atem anhielten. Olli ließ Irene nicht aus den Augen, während er langsam, langsam ein zerknittertes Papier herauszog.

»Von meinem Vater«, sagte er und grinste.

Janis und Irene tauschten einen Blick. Irene wiederholte: »Ein Brief von deinem Vater. Von draußen?«

Diese Frage war unnötig. Natürlich von draußen, Ollis Vater war schon vor vier Jahren verschwunden, und seither hatten wir nichts mehr von ihm gehört. Olli antwortete nicht, und Irene fragte weiter: »Von wann?«

»Vor zwei Jahren. Für mich.«

»Und du hast ihn erst jetzt bekommen?«, fragte Irene. Olli sah sie irritiert an und sagte: »Ich gebe ihr Infos, und sie gibt mir Briefe.«

»Ein Geschäft?«

»Nein, freiwillig«, sagte Olli, und er schien selbst zu glauben, was er sagte. »Frau Brenzi ist nett.«

»Hat Frau Brenzi den Brief zwei Jahre lang bei sich behalten, bevor sie ihn dir gegeben hat?«

»Nein!« sagte Olli und schaute zum ersten Mal etwas unsicher. »Der kam mit der letzten Post. Wahrscheinlich.«

Janis hob eine Augenbraue und sah Irene durchdringend an. Irene fragte Olli: »Hat sie dir noch mehr Briefe versprochen?«

Olli hob das Kinn und schaute zum Fenster.

»Und was hat er geschrieben?«

Olli grinste und schwieg.

Janis erhob sich und sagte: »Bleibt hier. Ich bin gleich wieder da.« Und zu Olli: »Wehe, du rührst dich von der Stelle.«

Wir schwiegen. Irene kochte noch mehr Tee. Das Einzige, was zu hören war, waren ab und zu das Klappern der Tassen auf der Tischplatte und die leisen Blasgeräusche, wenn wir den Dampf wegpusteten.

Als Janis zurückkam, klopfte er nicht. Er kam mit Wucht zur Tür herein, schloss sie hinter sich und drehte den Schlüssel um. Er hatte meinen Stuhl bei sich, den er mitten in der Küche abstellte. Schnaubend und mit geballten Fäusten setzte er sich darauf.

»Was ist?«, fragte schließlich Katrina.

Janis war bei Frau Brenzi gewesen. Es hatte eine Weile gedauert, bis sie die Tür geöffnet hatte. Janis hatte Schleifgeräusche gehört, und dann, wie etwas in den Keller hinunterplumpste. »Sie hat eine direkte Leiter in den Heizungskeller«, erklärte Janis, aber das wussten wir bereits.

Janis hatte nicht aufgehört zu klopfen, und als er rief: »Esperanza, ich habe eine wichtige Information!«, hörte er, wie sie die Klappe mit der Leiter schloss und zur Tür humpelte. Sie öffnete einen Spaltbreit, und sofort stellte Janis seinen Fuß hinein. Er informierte Frau Brenzi, dass ihm zu Ohren gekommen sei, dass sie mit Briefen handle. Ob sie einverstanden sei, dass er das Herrn Panko erzähle?

Frau Brenzi lachte gekünstelt und bat Janis herein. »Bestimmt hat Olli das herumerzählt, nicht wahr? Olli ist ein armer Junge, er lechzt nach Anerkennung. Aber er hat mir einen wichtigen Hinweis gegeben über eine Sache, die ich dir leider nicht sagen kann.«

»Über den Stuhl«, knurrte Janis, aber Frau Brenzi ging nicht darauf ein. Sie fragte: »Möchtest du einen Tee?«

Janis nickte. Während sie um die Ecke ging und Wasser aufsetzte, sah er sich um. Er war noch nie in Frau Brenzis Wohnung gewesen. Den Wänden entlang standen Schränke, die bis zur Decke reichten, einer neben dem anderen, zehn insgesamt. Als Frau Brenzi wiederkam, fragte Janis: »Was ist da drin?«

Frau Brenzi lachte und winkte ab: »Ach, mein Hobby.«

»Du hast ein Hobby neben der vielen Arbeit?«, fragte Janis scheinheilig. Frau Brenzi erklärte: »Alles, was hier Hobby ist, dient auch der Gemeinschaft. Wir haben es gut hier in Esperanza. Jemand in Pankoland muss aber auch im Blick haben, was auf der Welt draußen vor sich geht. Nur so können wir uns weiterentwickeln. Diese Person muss vertrauenswürdig sein. Deshalb mache ich das. Was glaubst du, warum ich selten Leute zu mir einlade? Weil ich nicht dauernd solche Fragen beantworten möchte, wie du sie mir gerade stellst.«

Janis ließ sich nicht beirren und fragte weiter: »Sind da Briefe drin? In den Schränken?«

Damit hatte er Frau Brenzi aus der Fassung gebracht. »Wie kommst du darauf?«, fragte sie abwehrend, aber Janis hatte bereits gemerkt, dass er auf der richtigen Spur war. »Du hast über all die Jahre die Briefe bei dir gehortet und gelesen. Und wenn dir jemand etwas Nützliches mitteilte, hast du ihm zur Belohnung einen Brief gegeben.«

»Dachte ich mir doch, dass Olli nicht dichthält.«

An dieser Stelle in Janis' Bericht wurde Olli dunkelrot und funkelte Janis wütend an. Irene ließ ihn nicht aus den Augen.

Janis erzählte weiter, wie er in Frau Brenzis Wohnung die Schränke geöffnet hatte. Frau Brenzi hinderte ihn nicht daran. Die Hälfte der Schränke war leer. In den anderen waren Säcke voller Briefe und lose Umschläge gelagert. In einem Schrank lagen in Holzkisten Gegenstände, große und kleine. Teller und Tassen aus feiner Keramik, Dosen mit Gewürzen, Flaschen mit bunten Flüssigkeiten, Bilder, Skulpturen, Bücher, Geräte mit Kabeln. Und ein Stuhl, eingeklemmt zwischen den Dingen, deren Bedeutung vertilgt worden war. Mein Stuhl. Janis zog ihn heraus.

»Zum Verheizen?!«, brüllte er. Frau Brenzi erklärte, als ob er ein kleines Kind wäre: »Mein lieber Janis, nun reg dich nicht so auf. Dass du so laut wirst, zeigt nur, wie gut es ist, dass eine besonnene Person wie ich die Kontrolle über die Einflüsse von außen hat. Dein Stuhl gehört auch zu diesen Einflüssen. Du hast ihn für Clemens gemacht, der aber unser Pankoland verlassen hat. Clemens hat dadurch einen schlechten Einfluss auf das Pankoland, und dein Stuhl indirekt auch. Insbesondere in unruhigen Zeiten wie diesen. Du verstehst doch hoffentlich, dass ich den Stuhl aus dem Depot geholt habe, damit er dort nicht noch mehr Unruhe stiftet.«

»Und in diesen unruhigen Zeiten wird dir heiß unter den Füßen? Du hast Angst, dass dir die Menschen auf die Schliche kommen, und verbrennst sackweise Briefe, die ihnen gehören?!«

»Die Briefe kommen ihnen indirekt zugute. Ich habe sie alle gelesen und weiß, was draußen läuft und wo die Menschen sind, die sie geschrieben haben. So könnt ihr hier die Abtrünnigen vergessen und euch auf die Dinge konzentrieren, die wichtig sind im Pankoland.«

Janis war fertig mit seinem Bericht. Olli umklammerte seinen Brief. Irene nahm ihn sanft aus seiner Hand, entfaltete ihn und las. Als sie fertig war, legte sie Olli die Hand auf die Schulter und sagte: »Dein Vater grüßt dich und lässt dich wissen, dass es ihm gut geht. Er ist sicher, dass du in Esperanza eine schöne Kindheit verbringst, und er denkt immer im Oktober an deinem Geburtstag an dich. Dann lässt er dir zu Ehren einen kleinen Heißluftballon in den Himmel steigen mit allen guten Wünschen. Auch wenn er nicht da ist, er denkt an dich.«

Olli wich unseren Blicken aus, und ich hatte plötzlich eine Idee: »Dein Geburtstag ist schon bald.«

»Am Donnerstag«, murmelte Olli. »Über-übermorgen.«

»Ich glaube, dein Vater weiß, dass Frau Brenzi alle Briefe liest. Deshalb schreibt er so harmlos. Das ist sicher nicht sein erster Brief.«

Katrina sprang auf. »Der Heißluftballon an deinem Geburtstag!«, rief sie. »Das hat er nicht nur zum Spaß geschrieben! Er lässt immer an deinem Geburtstag einen Ballon steigen und hofft, dass er zu uns herüberfliegt und eine Botschaft mitbringt. Und dass die Botschaft von dir gefunden wird, bevor Frau Brenzi sie verschwinden lässt.«

»Genau«, sagte ich. Katrina war wieder einmal schneller gewesen als ich beim Sprechen, aber überlegt hatte ich mir das auch. Wir mussten uns an Ollis Geburtstag schon früh am Morgen an verschiedenen Orten im Pankoland verteilen und den Himmel absuchen.

Irene sagte: »Vielleicht weiß dein Vater auch, wo meine Schwester ist! Da draußen haben sie sich ja vielleicht gefunden, und jetzt machen sie Pläne, wie sie wieder mit uns in Kontakt treten können. Sie wissen, dass ihre Briefe nicht an Frau Brenzi vorbeikommen. Vielleicht schaffen sie es mit Heißluftballons!«

Irenes Augen leuchteten, während sie sprach, und auch ich wurde ganz aufgeregt. Ich schaute Olli direkt ins Gesicht und sagte: »Meine Mutter heißt Amélie.«

28.

Die Verschwundenen und die Vermissten

Olli blieb bei uns. Er schlief an diesem Abend in Fredos Bett. Irene war bei den Brennnesselfeldern gewesen, aber Fredo war nicht gekommen. Voller Sorge kam sie zurück. Ich versuchte sie zu beruhigen. Vielleicht war Fredo bereits in Richtung Grundland unterwegs. Irene gefiel dieser Gedanke nicht, und um etwas zu tun, schlich sie sich gleich nochmals aus dem Haus, zu Sascha. Wenig später war sie wieder da und berichtete, dass Sascha uns helfen würde bei der Ballonsuche und dass wir uns auf ihn verlassen konnten.

Der nächste Tag verlief schleppend. Katrina und Janis gingen in die Werkstatt und zur Schule, als ob nichts vorgefallen wäre. Irene blieb nochmals zu Hause mit ihrer vorgeschobenen Erkältung. Olli, Irene und ich schwitzten, weil Frau Brenzi so viel heizte. Wir setzten uns auf den Balkonboden, um uns abzukühlen. Unsere Pflanzen schützten uns vor

Blicken. Der Gedanke, dass Frau Brenzi vielleicht gerade unsere Briefe verbrannte, war unerträglich.

Nach dem Abendessen ging Irene wieder hinaus. Ich hatte immer noch einen Groll auf Olli, weil er Katrina und den Stuhl von Janis verraten hatte, doch ich war froh, dass ich nicht alleine zu Hause bleiben musste. Was, wenn Irene gefangen wurde? Olli und ich spielten Karten, so brauchten wir nicht viel zu reden. Wir mussten ja ohnehin so leise sein, als ob es uns nicht gäbe. Meine Gedanken schweiften immer wieder zu Helena. Ich erinnerte mich an die feinen Fleckchen auf ihrer Nase und wie ihr Gesicht ganz nah an meinem war, als wir an meinem zweitletzten Morgen im Faulhaufen erwachten. Ich dachte daran, sie zu küssen, auf ihre Augenlider oder sogar auf ihren Mund, aber ich tat es nicht. Während ich sie im düsteren Licht unserer Schlafhöhle betrachtete, stellte ich mir vor, wie traurig sie sein musste, und dass ich sie glücklich machen wollte, wenn ich nur könnte. Irgendwann hatte sie die Augen aufgeschlagen und gelächelt. Dann hatte sich Rafaela nebenan bewegt, und wir waren aufgestanden. Am nächsten Morgen im Faulhaufen hatte mich Vergissmeinnicht geweckt, und danach war ich mit Ben und Merit ins Brendaland gegangen. War es ein Fehler gewesen,

Helena im Faulhaufen zurückzulassen? Ob sie auch an mich dachte? Als ich wieder gegen Olli gewann und mir vornahm, im nächsten Spiel ihn gewinnen zu lassen, stellte ich mir vor, wie ich Helena befreien würde. Ich kannte den Weg.

Später huschte Katrina zu uns herein und erzählte, dass bereits drei Plätze frei waren in unserer Klasse: meiner, der von Sylvie und der von Olli. Herr Franz erwähnte die Abwesenden mit keinem Wort, und Katrina wagte nicht, eine Bemerkung zu machen, um sich nicht zu verraten. »Niemand wagt zu sprechen. Ich glaube, viele wissen mehr über die Verschwundenen, als erlaubt ist. Und alle bleiben still, um sich nicht zu verplappern.«

Ich betrachtete Katrina. Sie hatte mich nie vergessen, und dafür wäre ich ihr am liebsten um den Hals gefallen. Ich mochte sie so gerne, dass es mir fast wehtat, aber es war anders als bei Helena.

Olli starrte auf die Tischplatte. Dann fragte er leise: »Hat Renzo nicht nach mir gefragt?«

Katrina sah ihn bestürzt an und schüttelte den Kopf. Dann stand sie auf und kochte einen Birnenschalentee für alle drei.

29.
Alle sind da!

Wo Fredo nur blieb? Ob er sich wirklich auf den Weg nach Grundland und in den Faulhaufen gemacht hatte, um die anderen zu befreien? Plötzlich störte mich der Gedanke, dass er und nicht ich Helena, Vergissmeinnicht und Rafaela aus ihrer Gefangenschaft führen würde, während ich hier herumsaß und Karten spielte. Ich fasste einen Entschluss. »Ich muss los. Sagt Irene, dass ich ganz sicher zurückkomme.«

Katrina schaute mich entgeistert an. »Du lässt mich einfach mit dem da – also mit Olli zurück?«

»Ja.«

»Wohin willst du überhaupt?«

Bevor ich antworten konnte, sagte Olli: »Die andern aus dem Faulhaufen holen, ist doch klar.«

Ich nickte und hätte Katrina gerne umarmt. Aber dann hätte ich mich vielleicht doch zum Bleiben entschieden. Ohne sie und Olli nochmals anzusehen, schlich ich mich hinaus und machte mich auf den Weg nach Brendaland und Grundland.

Ich kam nicht einmal bis zum Waldrand. Schon bei den Brennnesselfeldern, die auf der Höhe des Faulturms in Grasland übergingen, kamen mir dunkle Gestalten entgegen. Schnell versteckte ich mich im Schatten der Brennnesseln und war froh um meinen langärmligen Pullover. Nur meine Hände brannten und juckten, weil ich die Pflanzen ein wenig zur Seite geschoben hatte. Die anderen kamen näher, ich hörte ihre leisen Schritte. Ich fürchtete mich davor, entdeckt zu werden, dummerweise hatte ich nicht einmal Kaugummis dabei. Doch dann erkannte ich die vorderste Person: Fredo. Und gleich hinter ihm Vergissmeinnicht. Und Rafaela und Helena, und zuhinterst Irene. Ich sprang auf. Da wir leise sein mussten, waren unsere Wiedersehensrufe nur ein leises Glucksen, während wir uns umarmten. Rafaela drückte mich dabei so fest an sich, dass ich fast keine Luft mehr bekam. Bei Vergissmeinnicht zögerte ich ein wenig, und er auch. Aber dann umarmten wir uns auch, und ich spürte, dass wir beide uns nicht mehr verlieren würden. Helena wuschelte mir durch die Haare und lachte lautlos. Fredo stand so nahe bei ihr, dass sich ihre Schultern berührten, und ich verlor für einen Moment alle Hoffnung. Fredo berichtete kurz, dass er am Grenzübergang zum Grundland auf den Einbruch der Nacht gewartet hatte, und plötzlich seien die drei von selbst vor dem Grenzwall aufgetaucht, in Begleitung einer älteren Frau aus dem Brendaland. Fredo war aus seinem Versteck getreten und hatte ihr gesagt, dass Brenda ihn geschickt habe, die Neuankömmlinge zu übernehmen.

»Ich musste mir auf die Zunge beißen, um nicht zu schreien«, warf Helena ein.

Die Frau hatte mit den Schultern gezuckt und war gegangen. Als sie außer Sichtweite war, hatten sie sich direkt auf den Weg in den Wald und in Richtung Pankoland gemacht, wo sie später auf Irene getroffen waren.

»Danke«, sagte Vergissmeinnicht zu Fredo, Irene und mir. Rafaela knuffte mich in die Seite. »Wir dachten, der Kaugummi im Esswagen sei von dir. Du kannst dir vorstellen, wie erleichtert wir darüber waren, nachdem du einfach verschwunden warst. Wir haben uns sofort auf den Weg gemacht. Und jetzt los, ich bin bereit für Esperanza.«

Irene war bis jetzt still geblieben, und ich spürte, dass sie trotz unseres Wiedersehensglücks angespannt war. Sie sagte: »Geht ihr zu uns nach Hause. Ich hole deine Mutter, Helena.«

Olli und Katrina trauten kaum ihren Augen, als wir alle die Wohnung betraten. Katrina holte Janis, und nachdem auch Irene und Helenas Mutter gekommen waren, saßen wir stundenlang um den Tisch und erzählten. Helenas Mutter konnte dabei den Blick nicht von ihrer Tochter abwenden, und Irene reichte ihr frische Taschentücher, weil ihr immer wieder Tränen über die Wangen liefen.

Vergissmeinnicht sagte irgendwann: »Ich wusste nicht mehr, wie das Leben außerhalb des Faulhaufens ist.«

»Ich schon«, sagte Rafaela, »aber wie hätten wir je wieder nach Pankoland zurückkehren sollen? Wenn wir hier so unerwünscht sind, dass sich niemand an uns erinnern will? Helena hat uns dann überzeugt, dass wir schon einen Weg finden würden.«

Vergissmeinnicht lächelte Helena an. »Richtig zornig wurdest du. ›Wollt ihr lieber hier verfaulen?!‹, hast du geschrien, und dann haben wir nachgegeben.«

»Zum Glück«, seufzte Rafaela.

Janis legte Vergissmeinnicht den Arm um die Schulter und sagte: »Es ist gut, dass du wieder da bist, Robert.«

Vergissmeinnicht zuckte zusammen, und auch wir hielten den Atem an.

»Robert«, stammelte Vergissmeinnicht. »So heiße ich. Ja. Das hätte ich beinahe vergessen.«

»Beinahe?« Rafaela lachte. »Im Faulhaufen hast du dich jedenfalls nicht an deinen Namen erinnert. Willkommen zurück, Robert!«

Der Abend war so voller Gefühle, dass er kaum auszuhalten war, und wir kochten viel Tee. Manchmal wechselten Fredo und ich Blicke, und ich sah auch, wie er Vergissmeinnicht-Robert und Helena anschaute. Ich verstand, was in ihm vorging. Was in Helena vorging, verstand ich noch nicht. Sobald sich unsere Blicke begegneten, lächelte sie warm, aber das tat sie auch mit Fredo und allen anderen.

Fredo hatte drei Schachteln Kaugummis aus dem Brendaland mitgebracht. Die stellte er jetzt auf den Tisch.

Er wickelte einen Kaugummi nach dem anderen aus und zerknüllte die Botschaften von Brenda. Dann holte er Papier und Stifte aus unserem Zimmer und sagte: »Neue Botschaft: *Am Donnerstag ab Sonnenaufgang Ballonsuche im Pankoland. Hinweise bitte ins Depot bringen.*«

»Warum ins Depot?«, fragte ich.

»Weil Lenz dort arbeitet. Er sammelt die Hinweise, ohne dass Frau Brenzi oder Herr Panko es merken.«

30.

Ein neuer Morgen

Wir schliefen nicht viel in dieser Nacht. Nach dem großen freudigen und zugleich traurigen Wiedersehen hatten wir noch lange Kaugummipapiere beschriftet, bis wir uns schließlich in die Betten und auf Decken auf dem Fußboden legten. Früh am Morgen kochten wir Haferbrei, und Janis brachte frische Käsekrapfen. Er fragte Vergissmeinnicht zum Spaß, ob er sich noch an seinen Namen erinnere. Das tat Robert, aber für mich würde er weiterhin Vergissmeinnicht bleiben. Ich fand, dass dieser Name auch jetzt noch zu ihm passte, wo er frisch rasiert und gekämmt in der Küche stand.

Nach dem Frühstück meldete sich Irene wieder gesund bei Frau Brenzi und machte sich auf den Weg in die Praxis. In ihrer Tasche trug sie eine Schachtel mit Kaugummis, die sie überall verteilte. Die anderen beiden Schachteln nahmen Katrina und Janis mit. Helena, ihre Mutter, Fredo, Vergissmeinnicht, Rafaela, Olli und ich saßen in der Küche, tranken

Tee und sprachen leise miteinander. Es war wichtig, dass wir uns alles, was wir wussten, erzählten. Vergissmeinnicht zeichnete eine große Landkarte von Pankoland, Grundland und Brendaland. Er vermutete, dass die Straße hinter dem Mauertor nach etwa vier Kilometern die Hauptstraße nach Süden kreuzte. Falls sich da draußen nicht zu viel verändert hatte, musste hinter den Hügelzügen, die er in der Ferne hinter der Mauer gesehen hatte, die Landschaft zum Meer und zu einer größeren Hafenstadt hin abfallen.

»Dort ist vielleicht mein Vater«, sagte Olli.

Vergissmeinnicht nickte und schaute Fredo und mich an. »Und Amélie vielleicht«, sagte er.

Fredo zuckte mit den Schultern. Mir schien, als käme ihm Vergissmeinnicht genauso fremd vor wie mir. Vielleicht sogar noch fremder, denn ich hatte immerhin eine Zeit lang mit ihm unter dem Faulhaufen gehaust. Aber da hatte ich noch nicht gewusst, dass er unser Vater war. Ich war froh, dass es Fredo ging wie mir.

31.

*Ein verhinderter
Möbeltransport*

Am Nachmittag rüttelte jemand an unserer Tür. Wir starrten sie wie versteinert an. War das Brenda? Doch dann hörten wir eine Männerstimme: Herr Panko. Er schimpfte und rief nach Esperanza. Frau Brenzi war offenbar auch da draußen, denn jetzt rasselte sie mit dem Schlüsselbund.

Fredo sagte tonlos: »Sie denken, dass niemand hier ist. Weil Irene nicht zu Hause ist.«

Ein Schlüssel drehte sich im Schloss, und die Tür öffnete sich. Ich hatte Frau Brenzi und Herrn Panko noch nie so fassungslos gesehen, nicht einmal, als Frau Brenzi im Keller Brenda erkannt hatte. Falls sie noch verfeindet waren, war das ein Klacks gegen das, was sie vor sich sahen: eine Versammlung von Menschen, die in ihrer Welt gar nicht mehr vorkommen sollten. Sie sahen von einem zum anderen, und dann schauten sie sich an, als ob sie sich gegenseitig die Schuld für diese Überraschung zuschieben wollten. Dann traf Frau Brenzis vernichtender Blick

Olli, als hätte er sie bei uns verraten. Rafaela stellte sich breit vor ihn, und auch Vergissmeinnicht stand auf. Herr Panko fasste sich wieder und sagte in den Raum hinein, ohne jemanden von uns anzusehen: »Wir holen die Betten ab.«

Schon wollte er die Wohnung betreten. Fredo stellte sich ihm entgegen. »Nein.«

Herr Panko packte ihn einfach an den Schultern und schob ihn zur Seite.

»Nein, du holst hier gar nichts ab, William«, sagte plötzlich Vergissmeinnicht. »Fredo und Clemens sind hier zu Hause. Und wie du siehst, Esperanza, bin ich auch wieder da.«

Das saß. Herr Panko rief nach Frau Brenzi und versuchte, sich zu unserem Zimmer durchzukämpfen. Doch wir bewegten uns plötzlich alle und stellten uns dicht nebeneinander vor unserer Zimmertür auf.

»Ich bin auch wieder da«, sagte Helena, und Fredo: »Ich übrigens auch.« Helenas Mutter ergänzte: »Wir haben die Verschwundenen nie vergessen.«

Herr Panko funkelte uns zornig an. Rafaela erwiderte seinen Blick und sagte: »Das hättest du wohl gerne, William, dass wir vergessen gegangen wären. Aber hier sind wir. Und wir haben vor zu bleiben.«

Frau Brenzi lachte abschätzig und drängte Rafaela zur Seite. »Bringen wir's hinter uns, William«, sagte sie und schaffte es irgendwie, in unser Zimmer zu kommen. Sie warf unsere Decken zu Boden und zog an Fredos Bett. »Komm schon, hilf, William!«, rief sie. Jetzt stürzte Fredo sich auf sie.

»Niemals!«, schrie er, und Helena half ihm. Herr Panko war mittlerweile auch im Zimmer, aber nun zogen und zerrten Vergissmeinnicht und Rafaela an ihm. Auch Helenas Mutter und ich versuchten, Herrn Panko und Frau Brenzi zu bremsen. Sogar Olli hängte sich an Herrn Pankos Arm. Trotzdem gelang es ihnen, die Betten bis zur Wohnungstür zu schleifen. Dort ging es aber nicht mehr weiter: Groß und breit stand plötzlich Janis da. Die Tür hatte er hinter sich geschlossen.

Frau Brenzi rief: »Wie gut, Janis, dass du gerade jetzt dazukommst! Vielleicht kannst du uns helfen, diese Betten ins Depot zu bringen. Unsere Irene möchte ja ihre Praxis hier einrichten.«

»Hier wird gar nichts abtransportiert«, erklärte Janis ruhig. »Entweder setzt ihr euch freiwillig auf die Küchenbank, oder ihr werdet dazu gezwungen.«

Frau Brenzi und Herr Panko starrten Janis entgeistert an, der aber den Moment richtig zu genießen schien.

»Du irrst dich nämlich, Esperanza«, sagte er. »Irene

möchte ihre Praxis nicht hier einrichten. Das ist das Zimmer von Clemens und von Fredo.«

Jetzt dämmerte es Frau Brenzi und Herrn Panko, dass sie nichts ausrichten konnten. Herr Panko ballte die Fäuste, doch bevor er Janis angreifen konnte, stellte sich Helenas Mutter vor ihn und sagte: »Das bringt nichts, William.«

Da setzten Herr Panko und Frau Brenzi sich wortlos auf die Bank und rührten den Tee nicht an, den ich kochte. In der ersten Stunde erschrak ich jedes Mal, wenn ich sie ansah, aber dann gewöhnte ich mich an den Anblick. Wir räumten Vergissmeinnichts Landkarte weg, denn von Frau Brenzi und Herrn Panko konnten wir keine Hilfe erwarten, und wir wollten ihnen unsere Erkenntnisse nicht verraten.

Erst als Irene und Katrina auftauchten, schlug Frau Brenzis Wut in Enttäuschung um. Sie versuchte kurz, Irene davon zu überzeugen, dass wir anderen sie nur benutzten, doch Irene sagte: »Du kannst sicher sein, dass ich weiß, was ich tue.«

Danach stritten Frau Brenzi und Herr Panko miteinander: Frau Brenzi warf ihm vor, dass das blöde Paket alles ausgelöst habe. Warum er das überhaupt aufbewahrt habe, das sei die größte Dummheit, die ihr je untergekommen sei! Wie solle sie bitteschön für die innere Sicherheit des Pankolandes sorgen, wenn er aus Gefühlsgründen heimlich etwas aufbewahre, das gefährlich für alle sei?

»Hast du etwa Brenda nachgetrauert, obwohl du schon mit mir zusammen warst?«, fragte sie mit schneidender Stimme.

Wir mussten uns das Lachen verkneifen. Herr Panko stieß hervor: »Deine Eifersucht war der Grund, warum die drei Länder nicht vereint bleiben konnten!«

Frau Brenzi sprang empört auf, doch bevor sie etwas erwidern konnte, sagte Irene: »Das Paket hat alles nur beschleunigt.«

Fredo doppelte nach: »Kaugummis hatten wir schon lange. Wir haben uns über sie mit den Unterirdischen verständigt, deshalb gab es weniger Gefangene in den letzten Jahren.« Frau Brenzi schaute sich wütend um, doch in unserer Küche konnte sie von niemandem Unterstützung erwarten, außer vielleicht von Herrn Panko, aber auch darüber konnte sie sich nicht mehr sicher sein. Fredo genoss es, ihr zu erklären: »Wer Kaugummis hat, lässt sich nicht jede dumme Regel gefallen. Nicht hier und nicht bei den Unterirdischen. Wir wollen was von der Welt sehen.«

Janis beugte sich nun über den Tisch und sagte sanft: »Und weil ihr wisst, wo die Verschwundenen sind, und ihre Briefe kennt, dürft ihr hier erst wieder raus, wenn wir alles wissen.«

»Wieso ich?«, rief Herr Panko. »Ich habe mit den Briefen nichts zu tun!«

Janis ging nicht darauf ein. »Es ist bestimmt besser, wenn ihr das möglichst bald erledigt. Stellt euch nur vor, was da draußen passiert, wenn die Menschen mitbekommen, dass ihr verschwunden seid.«

Vergissmeinnicht sagte: »Wir sollten uns an die Verschwundenen erinnern.« Rafaela nickte und fragte nach Papier und Stift. Zusammen begannen wir, eine Liste mit den Namen aller Verschwundenen anzulegen.

Während wir unsere Erinnerungen teilten und Frau Brenzi und Herr Panko beharrlich schwiegen, ging Irene zu Sascha. Als sie wiederkam, erzählte sie, dass schon einige Leute die Kaugummis gefunden hatten und dass auf dem Schulplatz und im Depot alle davon sprachen. »Wie damals über das Paket«, sagte sie. Herr Panko schnalzte böse, sagte aber nichts.

Fredo kochte einen Eintopf mit Kartoffeln, Karotten, Tomaten und Erbsen. Vergissmeinnicht schaute ihm dabei zu, als wollte er sich jeden Handgriff merken. Janis und ich formten Fladenbrote, und Helenas Mutter kochte Tee, sobald wieder ein Krug leer getrunken war. Und wir alle zusammen hielten Frau Brenzi und Herrn Panko in Schach. Das war nicht schwer. Nur einmal sprang Frau Brenzi mit gehetztem Blick auf. Doch bevor sie bei der Wohnungstür war, hatten sich Janis, Rafaela und Vergissmeinnicht auf sie gestürzt und drückten sie zurück auf die Sitzbank, während wir anderen Herrn Panko im Blick behielten. Doch der schien nicht mehr zu wissen, was er tun sollte. Er hatte die Hände verschränkt und starrte verbissen darauf.

Janis sagte zu Frau Brenzi: »Und jetzt die Schlüssel bitte.« Sie weigerte sich, sie ihm zu geben. Aber Janis drohte damit, sie zu durchsuchen. Als sie in ihrer Jackentasche nach den Schlüsseln tastete, nahm Janis sie ihr mit einer Bestimmtheit aus der Hand, gegen die sie nichts ausrichten konnte. Er übergab Katrina die Schlüssel und sagte, sie und ich sollten zusammen die Briefe, die noch da waren, in seine Werkstatt bringen.

32.

Die letzten Briefe

Katrina und ich gingen hinunter in Frau Brenzis Wohnung. Ich hatte ein mulmiges Gefühl, als wir die Schränke öffneten. Alle waren leer. Offenbar hatte Frau Brenzi es geschafft, alle Briefe und Erinnerungsstücke zu verbrennen. Ich hätte heulen können. Katrina deutete auf die Falltür mit der Leiter: »Schauen wir im Heizungskeller nach.«

Wir öffneten die Klappe, fuhren die Leiter aus und stiegen hinunter. Neben der Ofentür lagen Sägespäne und eine Schaufel. Durch das Sichtfenster sahen wir einen Haufen Asche. Die Scheibe war noch warm. Da drin waren wohl in den letzten Wochen die Briefe verbrannt, die vielleicht an uns adressiert gewesen waren. An Fredo, Irene und mich. Von Amélie. Ich würde es nie erfahren. Dieser Gedanke machte mich ganz schwach.

»Katrina?«, fragte ich leise. »Warum hat eigentlich niemand von außen die Mauer geöffnet? Ich meine von ganz draußen?«

Katrina zuckte mit den Schultern. »Wahrscheinlich denken die Menschen draußen, dass wir alle freiwillig in Pankoland, Grundland und Brendaland wohnen. Schließlich haben wir die Mauern und Zäune selbst gebaut. Und es ist ja auch schön hier! Vielleicht denken sie, die Verschwundenen seien selbst schuld an ihrer Situation.«

»Aber Amélie hat doch bestimmt versucht, die Mauer zu überwinden ... oder was denkst du?«

Katrina nickte. »Aber sie hat es nicht geschafft. Offenbar. Die Mauer ist zu dicht und zu dornig, und nachts wird sie vom Mauerdienst bewacht. Die hätten sie gleich erwischt und wieder nach draußen gebracht.«

Katrina hatte vermutlich recht. Ich stellte mir vor, wie Amélie es mehrmals auf dem Postwagen versteckt oder über die Mauer ins Pankoland geschafft hatte und dann sofort aufgegriffen und wieder vor das Tor gesetzt worden war. Und wir hatten nie davon erfahren. Ich spuckte auf den Boden.

»Schau mal«, rief Katrina in diesem Moment. »Da ist noch einer!« In der dunklen Ecke hinter einem Sägemehlhaufen lag tatsächlich ein Sack mit Hunderten von Briefen und Paketen. Wir wühlten darin und zogen einzelne heraus. Sie waren an Leute im Kensingtonhaus, im Weberhaus, im Pankohaus, im Schulhaus, im Vogelsanghaus und im Brenzihaus adressiert. Ich fand jedoch keinen für Fredo und mich. Wir schleppten den Sack in Janis' Werkstatt und gingen wieder nach oben.

Als wir vom Postsack erzählten, sagte Janis: »Morgen könnt ihr die Post verteilen. Nachdem wir den Ballon gefunden haben.« Frau Brenzi biss stur auf die Zähne und schaute geradeaus. Herr Panko schlug mit der Faust auf den Tisch, aber Irene sagte: »Bitte nicht«, und er hörte wieder auf damit und malmte nur noch mit dem Kiefer. Ich fragte mich, ob er Brenda je wiedergesehen hatte, nachdem sie ihm das Paket geschickt hatte. Wahrscheinlich nicht. Vielleicht würde ich ihn danach fragen, irgendwann, wenn es möglich war, über solche Dinge zu sprechen.

33.
Tor auf, die Welt ist groß!

In der Nacht schliefen wir abwechslungsweise. Immer zu viert saßen wir mit Herrn Panko und Frau Brenzi am Tisch. Fredo hatte eine Schnur bereitgelegt, mit der wir die beiden beim ersten Fluchtversuch fesseln würden. Doch das war nicht nötig. Sie wussten selbst, dass ihr Widerstand je länger desto sinnloser wurde. Als es heller wurde am Himmel, rüttelten wir Olli wach, der in eine Decke gewickelt auf dem Fußboden lag, und sangen ein Geburtstagslied. Dann zogen wir uns warm an und gingen nach draußen. Bevor Irene unsere Wohnungstür abschloss, deutete sie auf die Liste mit den Namen der Verschwundenen und sagte zu den beiden Gefangenen: »Hier könnt ihr alles eintragen, was ihr wisst. Tee und Haferflocken findet ihr im Schrank.« Herr Panko und Frau Brenzi waren in unserer Wohnung erst mal gut aufgehoben, während wir uns auf die Suche nach dem Ballon machten.

Irene und Sascha hatten ganze Arbeit geleistet: Draußen waren bereits viele Leute unterwegs. Sie grüßten uns, als ob wir gar nie weg gewesen wären. Wir erzählten allen, dass Herr Panko und Frau Brenzi in unserer Wohnung etwas Schlaf nachholten, was für viel Heiterkeit sorgte. Dann teilten wir uns auf. Olli schloss sich Helena und ihrer Mutter an, Vergissmeinnicht und Rafaela blieben auf dem Platz vor dem Schulhaus, und Katrina zog mit Janis zum Auenbach. Fredo und ich gingen beim Depot vorbei, wo Lenz bereits auf seinem Posten saß. Er grinste breit, als er uns sah. »Gute Kaugummis sind da im Umlauf«, sagte er. »Für uns, für die Unterirdischen und die Bäumigen. Frieden und Freiheit!«

Fredo sagte: »Und falls etwas ist: *Heuschreck im Straßendreck*.« Wir lachten und sangen dieses Lied laut und fröhlich. Danach durchquerten Fredo und ich in südlicher Richtung das abgemähte Weizenfeld. Wir ließen den Himmel nicht aus den Augen. In der Ferne sahen wir andere Menschengruppen, die nach oben schauten. Wir bogen ab zum Mauertor. Von Weitem sahen wir zwei Männer vom Mauerdienst. Sie taten, als ob sie uns nicht bemerkten, und schauten in die andere Richtung. Es war ganz einfach, das Tor zu öffnen, jemand hatte die Kette am Riegel entfernt.

»Vertraust du mir?«, fragte Fredo.

»Ja«, sagte ich.

Er sagte: »Ich dir auch.«

Ich ging durch das Tor, und Fredo verriegelte es hinter mir. Vor mir lag die Welt. Eine Straße, eine Ebene, weit hinten die Hügel. Ich drehte mich um und sah die Mauer und das geschlossene Tor zum ersten Mal von außen: ein abweisender grüner Wall, der so hoch war, dass nicht einmal die Dächer der Hochhäuser zu sehen waren. Dahinter konnte die Wildnis liegen oder eine unvorstellbare, gefährliche Welt. Als wäre das Tor ein Ausgang und nicht der Eingang ins Pankoland mit Esperanza und den Milchschafen und Pflanzkisten und den Menschen, die ich liebte. Einen Moment lang geriet ich in Panik. Ich rief nach Fredo und hämmerte gegen das Tor. Fredo öffnete und grinste.

»Jetzt du«, sagte ich, und diesmal ging Fredo nach draußen. Als ich das Tor wieder öffnete, fragte ich ihn: »Liebst du Helena?«

Er zuckte mit den Schultern und schaute verlegen auf den Feldweg hinter mir.

»Und du?«, fragte er. »Liebst du Katrina?«

Ich zuckte auch mit den Schultern. Sollte ich ihm von Helena erzählen? Nein. Dieses Geheimnis wollte ich für mich behalten.

Ich rannte los, über den Feldweg bis zur nächsten Anhöhe. Dort holte Fredo mich ein. Das Tor hatten wir offen stehen lassen, und die Wächter waren verschwunden. Meine Schläfen pulsierten vom Rennen, und auch Fredo hatte einen roten Kopf. Wir schauten über die Schafweide, die sich bis zu einem Streifen Wald in der Ferne erstreckte. Neben dem Melkstand auf der Wiese stand eine Person.

»Irene«, sagte ich. »Sie ist schon fertig mit Melken.«

Irene stand ruhig da und beschattete die Augen mit einer Hand. Dann drehte sie sich um und sah uns. Sie winkte mit beiden Armen und deutete nach oben. Sie hatte etwas entdeckt.

Dank

... an die Fachstelle Kultur des Kantons Zürich für die Unterstützung der Arbeit an diesem Buch mit einem Werkbeitrag; an Werner, Loriane und Peter für das erste Lesen; an Ulrike für ihren Elan und Optimismus; an Luisa für ihr Lektorat.

Eva Roth